BORGO VECCHIO

Du même auteur

Passes noires, Les Allusifs, 2005
Malacarne, Les Allusifs, 2007 ; Notabilia, 2017
Conte du Bidonville, Les Allusifs, 2009
Urbi et Orbi, Notabilia, 2017

Giosuè Calaciura

BORGO VECCHIO

Roman

Traduit de l'italien
par Lise Chapuis

NOTAB/LIA

Titre original : *Borgo Vecchio*

ISBN : 978-2-88250-584-2

Mimmo

Il s'appelait Domenico, mais il ne le savait pas. On l'avait toujours appelé Mimmo.

Il était né le premier dimanche de septembre en sortant de sa mère par les pieds.

Il y avait une pluie fine qui vous trempait, et une légère brume au parfum de sous-bois, jamais vue dans cette ville-là. D'autres brumes dominaient, elles avaient la lourde consistance des fumées des rôtisseries en plein air que le vent de mer brouillait en tourbillons voltigeurs, apportant des odeurs de viande jusque dans les maisons de ceux qui, de la viande, n'en mangeaient jamais. Ils en éprouvaient à la fois un certain plaisir et une certaine douleur. Mais le jour où naquit Mimmo, la brume avait la consistance des contes. C'est ce que lui avait raconté sa mère.

En sortant de la salle d'accouchement, la sage-femme dit au père, Giovanni, que le bébé était cyanosé parce que le cordon ombilical s'était enroulé autour de son cou, mais qu'il allait peut-être s'en sortir. Il fallait courir à l'hôpital des enfants pour vérifier si le cerveau avait été touché. Son père ne comprit pas très bien, mais il fut un peu vexé. Tandis qu'ils emportaient l'enfant dans leur voiture parce que l'ambulance était en panne, son père dit à son compère Saverio que le gamin était déjà un emmerdeur.

Mimmo resta à l'hôpital pendant une semaine. Durant ces jours-là, ne sachant pas s'il allait survivre, en guise de porte-bonheur, on alla le déclarer à l'état civil. Quand l'employé demanda comment ils voulaient appeler l'enfant, le père répondit « Mimmo ». « Tous mes vœux à Domenico », dit l'employé. « Mais comment ça, Domenico ? », dit le père en haussant le ton. « J'ai dit Mimmo. » L'employé n'ajouta rien. Il baissa les yeux et mit le tampon. Le père ne savait pas que Mimmo est le diminutif de Domenico.

Les médecins déclarèrent que son cerveau n'avait subi aucun dommage. Mais quand Mimmo fut plus grand, son père, au lieu de le traiter d'imbécile, lui disait qu'il avait eu le cerveau endommagé à la naissance. Giovanni avait une charcuterie dans le Quartier. Il entubait les clients sur le poids de la mortadelle, car il avait, grâce à la science de son compère Saverio, réussi à dérégler sa balance. Avec un tournevis, Saverio avait travaillé un dimanche entier, rideaux de fer abaissés pour que personne ne voie rien, contournant les cachets d'homologation, desserrant les vis de sécurité, faisant disparaître toute trace de son intervention afin que rien ne soit visible lors des contrôles des inspecteurs.

En échange, Giovanni mettait son compère dans le coup pour d'autres affaires qui se déroulaient en dehors de la charcuterie.

Sur cent grammes de mortadelle, il en restait dix à Giovanni. Il entubait les clients, surtout ceux de passage. Les affamés du Quartier, qui attendaient le dimanche pour savourer les brumes de la viande rôtie, savaient peser avec les yeux. Ils se trompaient de deux grammes, pas plus. Jamais en moins, jamais en trop, à cause de l'appétit. Le plus fort de tous, c'était le père de Cristofaro, l'ami de Mimmo, son camarade de classe et complice de fugues. Le père de Cristofaro devinait le poids au gramme près, pas un demi en plus, pas un demi en moins. Le père de Cristofaro vivait de bière dans la maison qui faisait l'angle avec le boulevard du bord de mer. Giovanni disait qu'il ne comprenait pas comment il pouvait être aussi maigre. Tous les jours une caisse de bière, quinze bouteilles, trois sous. Et au lieu de grossir avec le sucre fermenté, il maigrissait. Il avait des phalanges tellement dures et méchantes qu'il cassait les noix et les amandes à coups de poing.

Au Borgo Vecchio, tout le monde savait que Cristofaro pleurait chaque soir la bière de son père. Après le dîner, assis devant la télévision, les voisins entendaient ses hurlements qui couvraient tous les bruits du Quartier. Ils baissaient le volume et écoutaient. Selon les cris, ils pouvaient deviner où il le frappait, à coups de poing secs, précis. À coups de pied aussi, jamais au visage. Le père de Cristofaro tenait à l'honneur de son fils : personne ne devait voir l'outrage des bleus.

Le père de Cristofaro ne se calmait qu'avec la venue de la nuit. Pour Cristofaro, la bière était un malheur, mais c'était aussi son salut. Elle coupait les jambes de son père juste un instant avant qu'il ne le tue. Demeurait seulement, planant sur le Borgo Vecchio, un râle semblable à celui d'un chien malade. Il se mêlait au hurlement du ferry, quand celui-ci larguait les amarres pour le Continent. Alors, dans le Quartier, personne n'écoutait plus les gémissements de Cristofaro. Les gens étaient captivés par le son de cette sirène qui se mouillait de mer et se noyait peu à peu dans la nuit. Ils imaginaient les voyageurs en train de se promener sur les ponts tandis que le navire naviguait et ils raisonnaient sur le mystère de la flottaison. Une fois ou deux seulement le silence de ces réflexions fut troublé par l'ambulance qui venait chercher Cristofaro. Une fois c'était pour le bras cassé. Il n'alla pas à l'école pendant une semaine. Il est tombé dans l'escalier, expliqua la mère aux enseignants. Tandis qu'elle racontait ce énième mensonge, ils regardaient, eux, ses ongles au vernis ébréché, sa permanente vaporeuse, son bracelet aguicheur au poignet, le fond de teint épais étalé sur son visage pour dissimuler la blessure de son impuissance et de sa peur. Quand elle eut fini, ils la virent partir d'une démarche bancale, un talon de ses chaussures s'était cassé et elle essayait de faire comme si de rien n'était.

Le père de Cristofaro jura qu'il allait faire arranger l'escalier de l'immeuble à ses frais car aucun des autres locataires ne voulait faire la dépense. Il menaça même de porter plainte. Ils le laissèrent parler, ils savaient bien, eux, que c'était lui qui avait cassé le bras de Cristofaro.

Une autre fois, l'ambulance vint chercher Cristofaro parce que son père s'était trompé. Il avait pris un couteau dans la cuisine et lui avait ouvert la joue de l'œil au menton. Il l'échappa belle. Personne ne sut jamais ce qu'il avait raconté aux médecins. Cristofaro de toute façon confirmerait tout. Il savait qu'un jour son père allait le tuer.

Giovanni avait fait un pari avec son cousin qui ne croyait pas aux miracles du Borgo Vecchio ni à la faculté de deviner le poids. Le cousin vivait à Hambourg et venait chaque été partager la calamité de la chaleur et la pestilence d'égout du Quartier avec ses parents restés au pays. L'éloignement et la vérité du travail l'avaient rendu sceptique. «Pour deviner le poids, il faut une balance», avait-il dit à Giovanni. Trois cents tickets chacun, le gagnant ramasse tout. Les paris du père étaient toujours des paris sérieux. Même quand il cognait, il cognait dur. Et le pari c'était ça: si le père de Cristofaro devinait le poids, Giovanni gagnait. Dans le cas contraire, les trois cents tickets partiraient pour l'Allemagne. Le cousin parlait allemand, mais s'il n'était pas content, il se faisait comprendre.

Quand le père de Cristofaro arriva pour le pari, le cousin le dévisagea sans rien dire, lui tourna autour, puis ferma les yeux et releva le menton. «Marie jamais», dit-il. Il voulait faire comprendre par là qu'il n'était pas possible de deviner le poids au gramme près sur un seul coup d'œil. Pas seulement le poids de la mortadelle, mais aussi celui de n'importe quelle autre marchandise. Il dit aussi: «S'il y arrive une fois, ça peut être par un coup de chance. Trois fois il doit deviner.» Giovanni regarda à son tour le père de Cristofaro. Il vit les yeux assoiffés, les mains rouges et écorchées d'avoir cogné son fils, il sentit l'odeur tenace des renvois venus du plus profond de l'estomac comme un appel, un ordre. Il comprit son urgence de sombrer. «C'est bon», répondit-il.

Ils décidèrent que la balance devait être la propriété d'une tierce personne. Pas par manque de confiance, dit le cousin, «mais ces parties-là doivent se jouer en terrain neutre». Ils se présentèrent chez le quincaillier qui avait une balance honnête. Il pesait les clous pour les coffrages de ciment armé des chantiers de construction. Ces gens-là, on ne les trompait pas sur la marchandise.

Les yeux assoiffés du père de Cristofaro brillèrent quand Giovanni lui mit dans la main les premières tranches de mortadelle. Le pacte était que s'il devinait, il emportait chez lui la mortadelle et deux caisses de bière. Cent sept, cent neuf et cent trois. C'est ainsi que par trois fois répondit le père de Cristofaro, et par trois fois la balance du quincaillier lui donna raison. Le cousin de Giovanni dit «putain», et ensuite il ne parla plus qu'en allemand.

Mais tout le monde comprit qu'il était en train de jurer dans une autre langue. Et les gens furent épatés de voir à quel point la rancune étrangère pouvait être identique à la leur. C'est en allemand qu'il compta les trois cents tickets du pari en les jetant sur le comptoir. Pour toute la durée de ses vacances dans le Quartier, il n'échangea plus un mot en dialecte.

Le père de Cristofaro ne demanda pas son reste, il fourra la mortadelle dans un de ces cornets de papier où on met les clous, chargea la bière sur son épaule et rentra chez lui. Ce soir-là Cristofaro cria une seule fois. Les poings furent tellement exaltés qu'ils lui coupèrent le souffle même pour pleurer. Alors les gens du Quartier qui attendaient comme un signal les aboiements de l'enfant, privés d'autres attractions sonores et conscients qu'on était en avance sur les sirènes du ferry, se demandèrent si, cette fois, le père avait tué Cristofaro ou s'il s'était endormi par excès de bière. Restés sans réponse, ils commencèrent à imaginer un tas de choses sur le mystère de ce silence.

Le lendemain, à l'école, Cristofaro avait les lèvres pâles. « Ça ne va pas ? », lui demanda l'enseignante. La colique, répondit Cristofaro. Puis il dit qu'il devait aller aux cabinets. Comme il marchait plié en deux, les mains sur l'estomac, l'institutrice ordonna à Mimmo de l'accompagner.

Cristofaro crachait du sang dans le lavabo. « Je vais appeler la maîtresse », dit Mimmo. Cristofaro l'arrêta d'une main. Quand il fut capable de parler, il lui dit «bouche cousue». Ensuite Mimmo et lui retournèrent en classe. Peu à peu, les lèvres de Cristofaro reprirent de la couleur et il ne se passa rien d'autre. Mimmo cependant avait l'impression que son ami dormait, car il avait les yeux fermés, alors sans se faire entendre de l'enseignante, il l'appela. «Cristofaro...» Cristofaro ouvrit les yeux et sourit. Mimmo, dans ces yeux, vit pour la première fois la mort.

Cristofaro ne mourut pas. À la sortie de l'école, Mimmo l'accompagna jusqu'à la porte de chez lui. Et pendant qu'ils traversaient le Quartier, ils découvrirent les regards curieux et sans pitié de ceux qui cherchaient encore une réponse pour l'unique cri du soir de Cristofaro, et puis il y avait ceux qui, au contraire, baissaient les yeux, car ils se sentaient coupables sans savoir pourquoi, il y avait ceux qui hochaient la tête, effrayés de leur propre clairvoyance, il y avait les femmes qui auraient voulu prendre Cristofaro dans leurs bras comme un fils mais se raidissaient sur le pas de leur porte en se sentant observées et rentraient chez elles sans rien dire, et puis il y avait ceux qui pariaient avec eux-mêmes sur l'issue de la soirée, et tout en la sachant fatale, se répondaient qu'une fois Cristofaro mort, que resterait-il à son père pour s'amuser? Mais ce soir-là il n'y eut ni cris ni pleurs. Cristofaro était allé se coucher de bonne heure parce qu'il n'avait pas envie de vivre le reste de la soirée et il s'était endormi. Mais le père entra dans la chambre. Il regarda, indécis, Cristofaro qui dormait. Puis il referma la porte.

Sa femme, ce matin-là, sans dire un mot, lui avait fait voir les draps de Cristofaro. Il y avait du sang. Le père s'accorda quelques jours de trêve.

Nanà

Quand le père de Mimmo amena Nanà au Borgo Vecchio, tout le monde était aux fenêtres. Giovanni avait téléphoné, en donnant l'ordre qu'on l'attende sur les balcons. Et qu'on le dise aussi aux voisins : Giovanni arrive avec une surprise. C'était un samedi de septembre, la veille de l'anniversaire de Mimmo. Mimmo pensa mon père va arriver avec mon cadeau. Mais non, Giovanni se présenta sur la place du Quartier avec un cheval. Il le tenait par le mors et l'animal le suivait, résigné. Avec son compère Saverio, ils le faisaient trottiner sur la place, vide parce qu'il était trois heures de l'après-midi. Et tout le monde aux balcons de demander mais comment ça, un cheval, eh l'ami Giovanni ? Et comment il s'appelle, et il a quel âge, eh Giovanni ? Mais Giovanni répondait sans leur jeter un regard. Il n'avait d'yeux que pour Nanà, c'est ainsi que s'appelait le cheval. Celui-ci devait participer aux courses clandestines sur le circuit du bord de mer, au-delà du promontoire, racontait Giovanni, et il allait toutes les gagner. « Ça, c'est un champion », disait-il, même si tout le monde lui trouvait plutôt l'air d'un cheval à tirer les calèches de touristes. « Ça, c'est un champion, répétait le compère Saverio, un mois d'entraînement, et bien nourri, ça suffira, il sera aussi rapide qu'avant. » « Encore plus qu'avant », renchérissait Giovanni avec un clin d'œil complice à Saverio. Les plus curieux, ne parvenant pas à entendre le détail des conversations du haut de leur balcon, se mirent à descendre sur la place. Certains tentaient de s'approcher du cheval pour le caresser mais Giovanni les écartait, « attention », disait-il, « il rue », et le compère Saverio expliquait comment Nanà avait brisé les jambes d'un flic qui avait demandé ses papiers au cocher d'une calèche. « Il est intelligent, en plus », confirmait Giovanni, « il a cassé les jambes d'un flic », et tout le monde de rire.

L'histoire prenait forme peu à peu, par fragments, parce que Giovanni racontait à quelqu'un que Nanà était tombé lors de sa dernière course à l'hippodrome. On pensait qu'il avait une jambe cassée et on voulait l'achever pour le vendre par quartiers aux boucheries de Porta Nuova. Le compère Saverio poursuivait le récit avec quelqu'un d'autre, c'est qu'en fait, la jambe n'était pas cassée, c'était juste une luxation mais personne ne s'en était rendu compte. Il n'avait pas été abattu parce qu'on l'avait envoyé remplacer un cheval de trait mort d'épuisement. Mimmo descendit à son tour pour écouter ce que racontaient son père et le compère Saverio. Sur la place, il y avait aussi Cristofaro qui attendait de rentrer chez lui pour recevoir les coups du soir. « Dans un mois, deux au maximum, Nanà va recommencer à courir », disait le père. « Et il va gagner », renchérissait le compère Saverio. Le père voulait commencer à parier tout de suite mais Saverio le retenait, « attendons qu'il soit remis, après on fera les paris ». Entre-temps, ils allaient le mettre à l'abri dans l'entrepôt de la charcuterie. Le père avait loué un autre entrepôt ailleurs, car les affaires de la balance marchaient bien. Ils allaient arranger celui de la charcuterie pour en faire une écurie.

Mimmo et Cristofaro se regardèrent. Ce n'était pas la première fois qu'ils voyaient Nanà. Ils l'avaient reconnu tout de suite à ses yeux bleus et sa robe grise. Il avait des cils blonds et un regard d'animal qui parle. C'était le cheval qui les avait ramenés chez eux un soir de la fin août.

Ils étaient allés à la mer, à la plage, avec les quelques pièces que Cristofaro avait prises dans le porte-monnaie de son père. Lorsqu'il les montra à Mimmo, celui-ci fut inquiet. « Cette fois, ton père, il va te tuer », lui dit-il. Cristofaro ne répondit rien, de toute façon son père allait le tuer.

Alors, ils prirent l'autobus en faisant comme s'ils étaient contents. Ils traversèrent la ville déserte des vacances et se mirent à la fenêtre quand le bus traversa le parc. Ils se sentaient adultes. En regardant les arbres, ils furent pris d'une mélancolie qu'ils ne pouvaient pas s'expliquer. Peut-être était-ce tout ce vert qui n'avait pas de saisons et ne vieillissait jamais, peut-être étaient-ce ces femmes noires qui se vendaient le long des avenues et, pour s'amuser, faisaient des clins d'œil à Mimmo qui répondait d'un geste de la main. Peut-être était-ce seulement la fin de l'été et sentaient-ils que le temps passait comme si on guérissait d'une maladie.

Tandis que l'autobus roulait vers la mer, ils avisèrent le sac d'une touriste. Il n'était pas fermé et ils voyaient le porte-monnaie comme une invite. Ç'aurait été facile. Ils l'avaient déjà fait pour se payer les jeux des pochettes-surprises chez le marchand de journaux, ou s'offrir le pain et le chocolat du goûter quand son père refusait un peu de monnaie à Mimmo. Celui-ci fit un mouvement pour s'approcher du sac, mais Cristofaro lui mit une main sur l'épaule. «Laisse tomber», lui dit-il. Après ce renoncement, ils se sentirent plus vieux. Avant d'arriver à l'arrêt, Mimmo dit à la touriste de faire attention aux pickpockets, mais celle-ci ne comprenait pas. Tandis qu'elle descendait, il fit dans sa direction un geste rapide avec les doigts en éventail pour indiquer le porte-monnaie, elle remercia mais Mimmo ne comprit pas car elle parlait une autre langue.

Ils ne se baignèrent pas tout de suite. Ils restèrent allongés sur le sable à regarder l'après-midi qui se défaisait. Ils voyaient les nuages de septembre s'amonceler à l'horizon avec la hâte de la nature, et le ciel perdre de sa couleur pour faire place au soir. Lorsqu'ils entrèrent dans l'eau, l'air était déjà plus frais et ils sortirent de la mer en courant. Ils s'allongèrent sur le sable. Mimmo regarda les marques de coups et les cicatrices sur le corps de Cristofaro. Certaines étaient très rouges, celles de la veille au soir. Les baigneurs aussi regardaient les marques de Cristofaro et se les montraient les uns aux autres. Il y en eut même un qui trouva le courage de s'approcher pour demander à Cristofaro comment il s'était fait ça. «Dans une bagarre avec des curieux», lui répondit Cristofaro, menaçant. Quand le type s'éloigna, Mimmo demanda à Cristofaro: «Comment est-ce qu'on peut tuer ton père?» «Il faut lui tirer une balle dans la tête», répondit Cristofaro. Et il lui raconta que Totò le voleur avait un pistolet. Pour son boulot de pickpocket, il le sortait même après avoir dépouillé les gens, pour leur faire peur. Ils voyaient le pistolet et comprenaient qu'il valait mieux faire comme si de rien n'était. Mimmo connaissait Totò, «il demande deux cents tickets pour tirer sur quelqu'un». «Trois cents s'il doit tirer à la tête», dit Cristofaro qui était mieux informé. Il expliqua à Mimmo que, si on tire sur quelqu'un en visant le cœur, la personne risque de rester en vie. Elle peut même reconnaître le tireur et remonter jusqu'au commanditaire. C'est pour ça que Totò veut toujours trois cents tickets. Ils réfléchirent longtemps au moyen de payer Totò. Dans leur tête, ils essayaient de rassembler l'argent et imaginèrent d'économiser sur les jetons des jeux électroniques, sur l'inscription au club de foot, sur les sodas de la récréation. Ils regrettèrent de ne pas avoir profité du sac à main dans l'autobus. Ils se dirent qu'ils pouvaient en chercher d'autres. Mais ils savaient que les gens étaient devenus radins et prudents. Et dans les derniers porte-monnaie, ils n'avaient trouvé que des petites pièces, pas même de quoi s'acheter une pochette-surprise. Ils se racontaient cette histoire des gens qui prenaient le bus et, par pure méchanceté, mettaient dans leurs poches des portefeuilles remplis de bouts de journaux découpés à la taille des papiers d'identité, et des porte-monnaie remplis de vieux boutons à la place des pièces. S'ils repéraient un pickpocket, ces gens-là se mettaient à côté de lui, laissant entrevoir ce qui gonflait la poche, faisaient de larges gestes d'un air insouciant, fermaient les yeux comme s'ils étaient assoupis. Ils voulaient donner l'impression que la proie était vraiment inoffensive et facile. Ils laissaient les mains du pickpocket glisser, légères, sous la veste, tâter les vêtements, facilitaient cette fouille intime en se déplaçant d'un côté, de l'autre, comme pour indiquer où trouver la poche du trésor. Et quand le pickpocket, le visage enflammé d'avoir soupesé le butin, descendait haletant à l'arrêt suivant, la supposée victime se réveillait de sa torpeur et lançait à travers la vitre une grimace à l'adresse de son voleur pendant que celui-ci s'éloignait en regardant sans comprendre. Il allait comprendre plus tard.

Mimmo dit à Cristofaro que Totò le voleur pouvait peut-être prêter son pistolet. Ou peut-être le louer. «On fait ça nous-mêmes. Le temps de tuer ton père et on rapporte le pistolet à Totò.» «Impossible», répondit Cristofaro, «Totò, il ne prête son pistolet à personne.» À côté d'eux, un groupe de gamins décida de se baigner. Ils laissèrent leurs chaussures et leurs vêtements à deux pas de Mimmo et Cristofaro. Dans l'ultime éclat de lumière de l'après-midi, une paire de chaussures de foot resplendissait. Elles avaient des semelles en caoutchouc et dessus, imprimée, la signature d'un célèbre champion brésilien, le préféré de Cristofaro qui, quand il jouait, se faisait appeler comme lui chaque fois qu'il marquait un but. Ensuite ses copains frottaient ses chaussures, comme ils l'avaient vu faire à la télé, après chaque but. Cristofaro rassembla ses affaires et dit à Mimmo que c'était le moment de partir. Mimmo ne comprenait pas, mais à peine Cristofaro se fut-il saisi des chaussures d'or qu'il se mit à courir lui aussi. Ils couraient sur la plage, encore mouillés, pieds nus. De temps en temps, ils perdaient un vêtement, un tee-shirt, un pantalon, et il leur fallait s'arrêter pour le ramasser. Ils couraient et ils regardaient en arrière pour voir si quelqu'un s'était aperçu du vol, ils couraient et ils riaient parce qu'ils n'avaient jamais volé une paire de chaussures. En arrivant à la route, ils se rhabillèrent. Cristofaro cacha les chaussures dorées sous son tee-shirt et ils se dirigèrent vers le terminus de l'autobus du retour.

Au premier arrêt, trois garçons montèrent et s'assirent en face de Mimmo et Cristofaro. Au milieu, il y avait celui qui n'avait pas de chaussures. Il avait les yeux rouges d'avoir pleuré. Un gamin. De temps à autre un grand soupir, et une larme. Il remuait les orteils, à la recherche des chaussures, s'imaginant les avoir encore, puis il baissait les yeux, regardait ses pieds et recommençait à pleurer. Cristofaro l'observait. L'autobus venait juste d'entrer en ville. Cristofaro fit un signe à Mimmo. Ils se levèrent ensemble et descendirent. Cristofaro ne supportait plus ces pleurs. Il avait même eu envie de sortir les chaussures dorées de sous son tee-shirt pour les rendre au gamin. C'est pour ça qu'il avait voulu descendre.

Mimmo et Cristofaro étaient encore loin de chez eux. Ils se mirent à marcher le long d'une large rue bordée de grands immeubles. Les fenêtres commençaient à s'allumer parce que la nuit était tombée à présent. De temps en temps, ils se retournaient pour voir si un autre autobus arrivait. Mais la route se perdait au loin dans une côte, vers la mer, vide. On distinguait juste un attelage qui approchait au pas lent du retour. C'était la calèche de Nanà. Mimmo s'avança pour l'arrêter et demanda au cocher dans quelle direction il allait. Celui-ci fit un vague geste montrant qu'il allait loin, tout droit. Mimmo demanda s'il pouvait les faire monter, mais l'homme ne répondit pas et passa son chemin. À ce moment-là, ils virent sa main qui les invitait à monter. C'est ainsi que pour la première fois Mimmo et Cristofaro se promenèrent en calèche. Ils avaient l'impression d'être des touristes, et ils regardèrent la ville comme s'ils ne l'avaient jamais vue.

Ils longèrent la banlieue avec ses jardins d'agrumes qui promettaient déjà leurs fruits, ils en sentaient le parfum nocturne, ils admirèrent les escaliers de tuf qui ressemblaient à des coquilles protégeant des animaux pétrifiés pour toujours, ils se sentirent étourdis par le calme des rideaux des magasins abaissés et par le repos de cette banlieue. Et tandis que Nanà les berçait du chant de ses sabots, Mimmo et Cristofaro fermèrent les yeux et s'endormirent. Ils ne virent pas la ville assoupie par contagion qui rêvait leur passage, le vieux au balcon, sur le point de passer à table pour dîner, qui les regarda comme un présage de convoi funéraire et pensa à la Cène quand sa femme lui annonça que le repas était prêt. Ils ne virent pas les feux de cette fin d'août clignotant à l'orange, comme pour libérer tout le monde de la circulation et des soucis, ils ne virent pas les églises de la messe vespérale, refuges des retraités qui fuient les journaux télévisés braillant à plein volume parce que aucune nouvelle n'en vaut plus la peine. Et lorsque le cocher, inquiet de ce silence, se retourna pour le rompre et leur demander où ils voulaient descendre, il les vit comme leur mère elle-même ne les avait pas vus, tellement abandonnés, tellement nouveau-nés malgré les signes de l'adolescence inexorables comme l'automne, il les vit tellement seuls au monde, il les reconnut dans le caprice de Dieu et dans la violence sans remède de la nature, dans leur profil dénué de douceur, prisonniers du rêve sans mystère des enfants du Borgo Vecchio. Il se reconnut aussi dans les traits identiques du visage, dans le front voilé par l'absence de promesse, et il éprouva de la pitié pour eux et pour lui-même. Alors, tandis qu'ils dormaient, sans savoir pourquoi, il ébaucha une caresse sur la joue encore lisse de Cristofaro. Avec la prescience de sa main, il sentit la cicatrice de la balafre encore à venir mais qui attendait depuis la naissance de fleurir sur le visage de Cristofaro. Il resta à les regarder tandis que Nanà rentrait au bercail sans guide, suivant l'intelligence de sa mémoire au pas de cette sortie en liberté.

Quand la calèche arriva sur la place du théâtre, le cocher les réveilla avec le cri qu'on lance aux bêtes de somme. Mimmo et Cristofaro s'attardèrent à embrasser la tête de Nanà qui les remerciait de ses yeux bleus. Puis ils s'en allèrent, car le ciel était désormais celui de la nuit.

Cristofaro dit au revoir à Mimmo en bas de chez lui. Puis il courut, parce qu'il sentait qu'il était en retard. Il était poussé par l'urgence de remettre dans le portefeuille de son père l'argent qu'il n'avait pas dépensé. Il parvint à traverser sans encombre le salon où la télévision était allumée. Son père, de dos, ne pouvait pas le voir. Il se faufila dans la chambre des parents, prit le porte-monnaie dans la table de nuit, mais juste au moment où il y glissait l'argent, la porte s'ouvrit en grand. C'est à ce moment-là que son père prit le couteau de cuisine.

Nanà renâclait devant les exigences de la promenade sur la place que lui imposait Giovanni, il secouait la tête et finit par se braquer, figé sur place, comme ces mules préhistoriques qui traînent encore les carrioles de légumes pour les marchands de primeurs du Quartier. Impossible de les faire arriver à destination, ni de gré, ni de force avec quelques coups de bâton sur les cuisses et aux jointures des pattes. À chaque coup au contraire, elles baissent un peu plus le museau pour résister aux secousses et aux injures, parce qu'elles viennent de trop loin, des époques reculées où elles transportaient le fardeau des premiers citrons qui avaient germé non par science, mais par naturelle disponibilité de la Création. Elles refusent d'aller plus loin, ne sachant si elles pourront un jour sortir de l'entrelacs de ruelles du Borgo Vecchio. Et derrière leur échine s'accumulent des embouteillages d'antiques véhicules à locomotion animale qui s'ajoutent à la modernité des tuyaux d'échappement et même aux véhicules du futur à propulsion électrique. Alors, partant de cette rue insignifiante peu et mal fréquentée, des blocs compacts de voitures à l'arrêt commencent à s'accumuler, puis s'amplifient et finissent par paralyser en chaîne le moindre mouvement de la ville jusqu'à la thrombose définitive des transports, au moment où tout un chacun renonce aussi bien aux exigences de son travail et de la production, qu'à la défaite d'un retour à la maison puisqu'il est impossible de rebrousser chemin. Les gens restent dans la solitude de leur véhicule et y contemplent la merveille du jour déclinant. Chacun découvre dans cette extase combien vingt-quatre heures sont longues, et sent s'enfuir dans le décompte seconde par seconde toutes les beautés de la vie.

C'est seulement lorsque Mimmo se plaça devant Nanà et le fixa dans l'eau de ses yeux bleus que le cheval sembla se délier de sa paralysie. Il s'avança pour toucher du museau sa poitrine. Giovanni laissa les rênes à Mimmo, à condition que le cheval reste docile. Adoptant le pas de Mimmo et Cristofaro, Nanà les guida, au-delà de l'asphyxie de cette place, le long de ruelles moins encombrées, et tout le monde se mit à la queue leu leu derrière eux en une procession sans itinéraire qui avançait jusque dans les entrailles du Quartier, dans des venelles tortueuses, pavées de cailloux, si étroites et antiques que même les plus anciens du lieu les découvraient pour la première fois.

Ils retrouvaient des habitants dont on avait perdu la trace depuis le temps des bombardements alliés et qui n'avaient jamais poussé plus loin que le bout de leur venelle.

Ils avançaient maintenant le long de la rue principale, dans le triomphe du cheval qui ouvrait la procession. Mimmo et Cristofaro resplendissaient d'orgueil parce qu'ils partageaient avec Nanà tous les regards du Quartier. Et quand les plus sceptiques se présentèrent devant Giovanni pour lui administrer de subtiles doses d'humeur fielleuse, parce que, oui, compère Giovanni, un cheval, ça nécessite des soins, il lui faut un lad et des visites médicales, c'est un animal délicat, il tombe malade tous les deux jours, il faut de l'argent, il faut de l'affection, Giovanni en un grand geste d'euphorie fit comprendre qu'il avait résolu la question, parce que pour l'argent il n'y avait pas de problème, et quant au lad, est-ce qu'ils avaient remarqué à quel point Mimmo savait y faire ? C'est lui qui s'occuperait de Nanà. Mimmo et Cristofaro comprirent clairement qu'il s'agissait d'une promesse authentique car elle était faite publiquement, ce qui interdisait à Giovanni de revenir en arrière. Ils imaginaient tous les deux une procession permanente de couronnement éternel, un double couronnement, parce que là où était Mimmo, Cristofaro y était aussi. Lorsqu'ils passèrent sous le balcon de Celeste, leur camarade de classe et fille de la prostituée Carmela, ils l'invitèrent à s'unir à ce triomphe. Celeste secouait la tête en signe de dénégation, non ce n'était pas possible, sa mère était en train de travailler et il n'y avait pas moyen de traverser la pièce pour gagner la sortie. Elle les rejoindrait plus tard, quand sa mère ouvrirait la porte donnant sur le balcon.

Sa mère travaillait aux heures de bureau pendant la semaine, mais le dimanche elle se faisait un supplément avec des horaires plus souples pour des extras. Après le repas, ce jour-là, c'étaient des tarifs d'urgence et d'inconfort, qui doublaient si le client exigeait aussi le café. Tout le monde se demanda qui était dans la maison avec Carmela, et les hommes se regardèrent les uns les autres pour se compter sans parvenir à savoir qui manquait à l'appel. C'est alors que Giovanni montra la puissance de ses moyens et, presque par provocation, décida que Celeste allait participer à la fête. Il donna l'ordre que le fourgon du déménagement soit rapproché du balcon. C'était un camion de débarras dont les montants faisaient office de toiture, qui servait à transporter ailleurs les familles sans espoir quand les envoyés de la justice avaient mis sous séquestre leurs quatre meubles en apposant dessus les scellés des expulsions définitives. Ces familles, on les déchargeait dans la dérive des banlieues inachevées, et on n'en entendait plus parler.

Giovanni, avec l'agilité lente et précise des hommes de poids, monta sur le toit du fourgon, se pencha vers le balcon, prit Celeste dans ses bras et la déposa sur l'échine de Nanà au milieu des applaudissements et des rires. Voici comment la procession repartit, avec Celeste en chaussons qui embrassait le cou du cheval. Elle riait d'appréhension et de bonheur parce qu'elle était enfin parvenue à échapper à son malheur.

Sa séance terminée, Carmela ouvrit le balcon : c'était le signal pour sa fille et les futurs clients, car il n'était permis de sonner chez elle que lorsque les fenêtres étaient ouvertes. Elle s'assit sur le lit pour faire une retouche de vernis sur les ongles de ses orteils. Du vernis bleu. Tout, chez Carmela, était bleu, céleste. Par superstition. Sa robe de chambre et ses draps, les murs et le frigo, l'abattant des toilettes et la nappe en plastique sur la table du repas. Le plafond était bleu comme le ciel pour que ses clients, quand elle travaillait, puissent s'imaginer au Paradis. En réalité cette couleur était à son usage intime, c'était pour elle la couleur du pardon. Elle l'avait découvert, ce bleu, sur le manteau d'une Vierge qu'elle avait découpée soigneusement dans une revue pour l'épingler au-dessus de son lit. Elle avait fait fabriquer un cadre par le menuisier pour le prix d'une journée entière balcon fermé. Et de nombreux clients avaient beau se plaindre que certaines choses ne se font pas sous les yeux de la Sainte Mère, elle répondait que la Mère elle aussi avait été femme, et ce qu'elle voyait là, elle le comprenait. Et le pardonnait. Pour preuve Carmela montrait la marque laissée par les eaux de l'inondation qui s'était arrêtée un instant avant d'atteindre le manteau de la Vierge, parce que c'était elle qui avait fermé les robinets de la colère de Dieu quand celui-ci avait été repris de l'envie d'un déluge universel qui allait noyer tous les pécheurs du Quartier. Face à la certitude du miracle visible dans cette chambre du péché, il ne restait au client qu'à promettre de revenir, et il s'en allait dans la grâce de Dieu, comme le dimanche après la confession, tandis que Carmela se signait devant la Vierge, la fixait dans les yeux et comprenait que, une fois encore, elle lui avait accordé son pardon. Elle lui avait pardonné même quand elle s'était retrouvée enceinte de Celeste. Il lui avait semblé que la Vierge dans le cadre était encore plus contente, parce qu'au cinquième mois elle fut obligée d'interrompre son service auprès des hommes et vécut tout l'été balcon fermé pour que personne ne vienne sonner chez elle.

Dans la canicule de cette maison, elle vécut nue les derniers mois de sa grossesse. Elle se baladait entre la chambre, la cuisine et la salle de bain en jouant à Ève dans l'Éden. Elle mangeait des fruits accroupie dans un coin en crachant les noyaux par terre, buvait directement au robinet qui avait pris l'air d'une source, et elle se sentait prête à accoucher du premier homme. Quand la chaleur de l'après-midi devenait insupportable, elle tombait dans un demi-sommeil extatique. Elle voyait la Vierge descendre de son cadre et voltiger à travers la pièce dans un hosannah d'étincelles célestes, elle sentait son haleine embaumant les bois de montagne s'approcher de son visage pour contrôler son état de santé, elle devinait la caresse d'un adieu sur ses cheveux dans un souffle d'air à contre-courant entre les volets, elle éprouvait sur sa peau moite de sueur comme un frisson aérien provoqué par la main de la Vierge qui l'effleurait en lui lançant le signe d'une bénédiction.

Elle se réveillait aux premières ombres du soir, quand l'air semblait plus respirable et que, de la rue, montaient les voix de ceux qui avaient survécu à la canicule et se cherchaient pour échanger des procédés permettant d'échapper au sirocco. Carmela se levait pour s'admirer dans le miroir du cabinet. Elle se voyait très belle, avec ses seins et ses fesses larges, et toutes les rondeurs molles des femmes sur le point d'accoucher. Elle était sûre que les clients auraient versé beaucoup plus que l'obole convenue si seulement elle avait ouvert la fenêtre donnant sur le balcon. Plus d'une fois, elle eut envie d'écarter d'un grand geste les volets et de se montrer comme ça, prête, mûre. L'espagnolette dans la main, elle se retenait au dernier moment. C'était cela, le vœu qu'elle avait fait à la Sainte Vierge, et elle épuisait toutes ses économies de l'année dans l'attente de la naissance.

Mais la Vierge ne lui accorda pas la grâce d'une belle enfant. Chaque matin, quand elle réveillait la petite pour l'école, elle lisait sur le visage maigre et basané de Celeste l'impuissance même de la Mère de Dieu qui n'avait pu lui insuffler la beauté. Un pouvoir supérieur avait retenu son souffle, faisant en sorte que les péchés pardonnés à la mère retombent sur son enfant. Et avant même que Celeste ouvre les yeux, Carmela avait eu tout le temps de pleurer des larmes silencieuses en contemplant ces pommettes saillantes, ces cheveux crépus et noirs, ces sourcils épais dessinés par le crayon divin dans l'expression enfantine de la tristesse, ces petites épaules d'oiseau tout en os et peu en chair. Elle passait ensuite à la désolation des hanches, aux jambes si longues et maigres qu'elles en éliminaient la forme des cuisses. C'est là que s'enlisait son angoisse, parce qu'elle n'arrivait pas à imaginer un autre futur pour Carmela que celui de putain mal payée le long des rues venteuses d'une mer provinciale où seuls se perdent en mal d'amour les plus désespérés, les plus solitaires, les plus éloignés de la grâce de Dieu, les seuls capables d'embarquer les chairs désolées de sa fille. Ou alors elle l'imaginait domestique dans les maisons brillantes de la ville neuve où on ne lui laisserait que des bribes de temps pour raisonner sur son infortune. Mais elle l'aimait, cette fille sans futur. Par tendresse, elle lui avait fait construire un auvent sur le balcon pour que, en hiver, elle ne se mouille pas sous la pluie pendant les longues heures où elle-même était de service. Et même, pour mieux la protéger contre l'humidité, elle lui avait acheté une grosse doudoune imperméable avec les gants de ski attachés aux manches pour ne pas les perdre. Celeste l'avait à portée de main pour être vite prête quand on appelait à l'interphone. Au premier coup de sonnette, elle fermait son manuel scolaire, enfilait la doudoune et sortait sur le balcon. Sa mère refermait la fenêtre et les rideaux, et elle, elle restait à regarder la rue trempée d'eau, à additionner les reflets d'autos et soustraire les parapluies, elle comptait les passants en les divisant en catégories de ceux qui se contentent de marcher et ceux qui trottent vite, et puis combien de chapeaux, combien avec la barbe, combien d'hommes, combien de femmes.

Voyant que Celeste tardait à revenir de sa pénitence sur le balcon, Carmela commença à l'appeler par les petits mots doux de l'après-midi. Elle savait que la petite mettait toujours du temps à rentrer parce qu'il lui était difficile, une fois débuté le recensement de la rue, de clore rapidement ses comptes. Elle continua à l'appeler sans réponse jusqu'au moment où elle se mit à la fenêtre et vit la procession spontanée qui s'étirait tout au long de la rue, Celeste sur le dos de Nanà portée en triomphe, et elle sentit ses yeux s'emplir de larmes parce que jamais plus cela ne se produirait, et elle se fichait bien des rires, des applaudissements de moquerie et même des petits clins d'œil échangés dans les ruelles lorsqu'elle fit son apparition sur le balcon. Elle pleurait pour Celeste parce qu'elle était convaincue que le rideau de cette scène allait retomber pour toujours, et que sa fille resterait pour toujours dans les coulisses. Elle se hâta de descendre mais s'arrêta un instant devant la Sainte Vierge pour la remercier. Elle vit de la douceur se répandre dans ce sourire imprimé, indélébile, ne me remercie pas, lui fut-il dit, remercie le cheval, alors assurée de l'intervention de la Mère, Carmela dévala les marches pour gagner la rue.

À l'entrée, elle rencontra le client paralysé qui, ne voulant pas être reconnu, était resté là à attendre que la foule s'éparpille ; pour le tranquilliser, elle promit de lui faciliter une sortie discrète en attirant sur elle tous les regards et les méchancetés. Lorsqu'elle ouvrit la porte d'entrée de l'immeuble chaussée de ses claquettes bleues, couverte seulement de son peignoir bleu enfilé après le travail, et qu'elle se présenta dans la lumière du dimanche après-midi, elle apparut à tous très belle et exempte de toute faute. Les femmes même qui, par habitude, se signaient chaque fois qu'elles la voyaient, se figèrent, le bras levé à la hauteur de « au nom du Père », pressentant dans leur geste le blasphème de ne pas avoir reconnu, au milieu de ces cheveux déliés des étreintes de la luxure, le visage de la Vierge au Manteau. Alors elles reprirent leur signe de croix, non pour demander le châtiment mais pour participer au pardon.

La procession s'ouvrit pour faire place à Carmela. Les gens la voyaient, sauvage et candide dans son peignoir qui laissait entrevoir des éclats de sa chair restée blanche par manque de soleil, elle semblait même tout entière lumière tandis qu'elle rejoignait sa fille en selle sur Nanà. Alors elle défila elle aussi à ses côtés, et Mimmo et Cristofaro souriaient parce qu'ils ne se fiaient plus maintenant à l'instinct du cheval mais avançaient tous ensemble dans la certitude d'avoir retrouvé leur chemin. Ils passèrent devant les cageots de fruits surveillés par des centenaires en train de déguster l'annonce d'un crépuscule, qui, voyant Celeste en selle sur le dos de Nanà, se dirent qu'ils n'en avaient plus pour longtemps, parce que la mort arrive toujours à cheval. Le cortège défila devant l'église de Jésus où les statues des apôtres en rang encourageaient le Christ ressuscité bénissant d'un bras et d'une main levés en forme d'interrogation. Ils le laissèrent sans réponse parce que, passé le coin de la rue, il y avait l'écurie.

Le déluge

L'écurie de Nanà était propre comme un hôpital. Mimmo la décrassait tous les soirs avec du savon de cuisine, carreau après carreau, et ensuite avec du vinaigre parce que sa mère lui avait expliqué que ça désinfecte aussi bien que l'alcool des piqûres, et même encore mieux. Alors quand il avait fini, Mimmo restait à flotter avec Nanà, comme des feuilles de salade dans la bassine de l'écurie, ivres de vapeurs de vinaigre.

Mimmo avait accroché sur les murs les posters de ses joueurs de foot préférés. Il les avait enlevés des murs de sa chambre parce que ses journées se passaient à présent dans l'écurie, avec Nanà, il avait aussi abandonné ses jeux d'enfant dans un grand carton qu'il avait lui-même scotché, et son lit même lui semblait appartenir à quelqu'un d'autre. Pour que Nanà ne se sente pas seul quand il devait rentrer chez lui, il avait également installé des images pieuses du Padre Pio avec une petite bougie électrique, à côté d'un crucifix et du visage d'un chanteur napolitain. Sur son magnétophone, il faisait écouter à Nanà ses chansons préférées, et les chantait à l'unisson, superposant sa voix aux mélodies de l'amour malheureux, puis se lâchait en braillant à tue-tête quand les paroles du chanteur disaient qu'elle ne lui accordait pas la moindre attention et qu'il sentait une lame lui transpercer le cœur quand elle souriait à l'autre.

Une fois que la dernière note avait cessé de résonner sur les carreaux immaculés de l'écurie, Mimmo expliquait à Nanà ce que c'est que l'amour. Et Nanà écoutait. Mais c'était un récit d'emprunt: car Mimmo avouait à Nanà que chaque jour Celeste faisait cours dans les WC de l'école, elle connaissait toutes les positions pour faire naître les enfants et celles, plus secrètes, pour faire naître les animaux, qui sont même plus malheureux que les enfants. Elle racontait comme ci et comme ça, comment on fait les chèvres, et les moutons, et tous les animaux de la ferme selon les goûts des parents, mais aussi les animaux plus familiers comme les chiens, les chats, et même les chevaux. Mimmo demanda à Nanà qui était sa mère, et son père, parce que, qui sait, ils étaient peut-être parents, du moment qu'il y a une position pour concevoir aussi les débiles qui ne naissent pas du ventre des femmes, mais de leur cul. Comme son cousin Nicola qui paissait, hébété mais affairé, dans la cour en compagnie de l'agneau de novembre. L'oncle et la tante avaient découvert que Nicola et l'agneau avaient des habitudes semblables et s'aidaient à tour de rôle, sauf au moment des repas où Nicola éloignait à coups de tête l'agneau de son écuelle. Voilà longtemps qu'ils avaient renoncé à mettre une fourchette dans la main du cousin, incapable de s'en servir autrement que comme instrument de torture sur les flancs des animaux. Ainsi Nicola portait-il sur le visage et les bras les marques de la hargne des chiens. Ses parents le voyaient plus heureux quand, du jour des Morts à la semaine de la Passion, il dormait dans la bergerie de fortune installée dans la cour. Le cousin et l'agneau se tenaient chaud au cours des nuits les plus froides, vu que cet animal est en soi une couverture de laine. Mimmo racontait à Nanà que, en décembre, les parents ornaient l'animal comme un arbre de Noël, avec des étoiles filantes en or et en argent et des boules de couleur pour que le bon Dieu n'oublie pas Nicola, même sur cette paillasse. L'Enfant Jésus savait bien ce qu'était cet abandon. Lui aussi il avait trouvé demeure dans l'inconfort d'une étable. Et Nicola était heureux de ce Noël dans la bergerie avec l'agneau tout scintillant de décorations, il lui faisait fête en bêlant à ses côtés, en battant des mains comme un bébé, en l'embrassant comme un amant. L'agneau tentait d'échapper à cette joie et traînait les guirlandes d'un coin à l'autre de l'enclos, cherchant un refuge pour fuir ce malheur de Noël. Jusqu'à l'euphorie de la nuit du réveillon, quand l'oncle et la tante, avant de lever leurs verres aux douze coups de minuit, s'avançaient dans la cour avec la famille pour faire fête à Nicola.

Mimmo racontait à Nanà qu'il était là, lui aussi, pour la visite au cousin, avec son père, Giovanni, et sa mère. Giovanni jetait une tranche de panettone dans l'écuelle de Nicola et, pour en rajouter dans les guirlandes, aidait l'oncle à entourer l'agneau d'un fil électrique de petites ampoules colorées. Giovanni lui tenait les pattes de devant et l'oncle celles de derrière quand ils branchaient la prise. L'agneau s'illuminait par intermittence, et ils le serraient encore plus fort parce qu'il essayait de se dégager, terrorisé par ces lueurs clignotantes qui projetaient des ombres de Polyphème sur les murs. La nuit de Noël, pour cet animal, n'était que le fond de l'horreur. Mais il se calmait le lendemain quand l'oncle récupérait les ampoules électriques et les boules de Noël pour l'agneau de l'année suivante, lui laissant les entraves bon marché des étoiles filantes et des guirlandes qu'il traînait dans les flaques des pluies de janvier et qui le faisaient trébucher. Plus il se débattait, plus les nœuds devenaient inextricables et le paralysaient, jusqu'au moment où il s'écroulait dans la mare de ses excréments mélangés à ceux de Nicola qui avait appris à évacuer avec la même désinvolture des crottes en forme de boulettes de ruminant, vu qu'ils avaient un régime identique. L'agneau, dans la boue de cet enclos, restait là, à regarder le ciel avec la patience propre à son espèce et la résignation de tous les animaux qui ne trouvent un motif de libération qu'à la première lueur du couchant. Et quand la nuit venait, il cessait de bêler.

Mimmo racontait à Nanà que, avec Cristofaro, ils n'avaient pas manqué une seule Pâque de passion des agneaux, parce que, le dimanche des Rameaux, ils arrivaient de bonne heure avec Giovanni qui se vantait auprès de l'oncle et la tante de savoir s'y prendre avec les animaux. En fait Giovanni traitait seulement le produit fini et emmenait avec lui le boucher qui, lui, possédait la technique et les instruments. Ils n'avaient même pas besoin de courir après l'agneau. Il leur fallait le libérer de l'étreinte nocturne du cousin au fond de la bergerie où ils se réchauffaient et se consolaient mutuellement du malheur du petit jour. Se saisissant sans difficulté de l'animal, Giovanni le prenait dans ses bras et l'étendait sur la pierre creusée d'une rigole, et tout le monde se mettait autour, tout le monde voulait voir. Quand le boucher s'approchait avec le couteau, ce n'était pas l'agneau qui hurlait, mais le cousin Nicola. L'oncle et la tante riaient, ils disaient qu'au fond il n'était pas si débile que ça, il avait bien compris qu'on était en train de lui enlever la distraction de l'agneau. Et tandis que Nicola pleurait et bêlait de désespoir, le boucher tranchait la carotide de l'agneau et le sang s'écoulait rapidement dans la bouche d'égout. Ils attendaient que la bête se soit vidée pour continuer. Mimmo et Cristofaro restaient là, à regarder l'agneau remuer les pattes, non pour se libérer, mais dans les mouvements convulsifs de la mort, jusqu'au moment où il ne bougeait plus, la tête abandonnée sur la pierre. Alors le boucher, avec son couteau, incisait une patte et soufflait pour détacher la peau de la chair. Ensuite ils suspendaient le cadavre à un crochet et le découpaient. Giovanni lavait les boyaux dans l'évier pendant que l'oncle et la tante préparaient de la braise avec des cageots. Et ils faisaient griller les intestins en volutes de fumée qui étaient comme un signal pour le Quartier.

Les premiers à se montrer étaient les voisins. Ils se présentaient à la porte avec l'excuse de la curiosité. Ensuite, les plus éloignés, suivant à leur tour les volutes de fumée qui montaient en vrille comme la comète dans le ciel du Borgo Vecchio, venaient frapper à la porte. Ils mangeaient, au bon cœur de la famille. Giovanni assurait à l'oncle et la tante qu'avec ça, ils faisaient bonne impression à peu de frais et que tout le monde avait une raison de les remercier. Ensuite ils confiaient à Mimmo et Cristofaro les quartiers d'agneau pour qu'ils les mettent dans le réfrigérateur de la charcuterie en attendant le repas de Pâques. Giovanni, l'oncle et la tante restaient dans la cour pour essayer de dénicher Nicola qui, s'imaginant que le boucher était prêt pour lui aussi, se cachait au fond de la bergerie. À la fin, ils l'attrapaient par les bras et les jambes, l'arrachaient à son hiver dans la cour et le traînaient jusque dans la maison. Mais il leur fallait redescendre : ils avaient oublié l'écuelle où il mangeait.

Au moment où il faisait nuit dans l'écurie de Nanà, Cristofaro arrivait, de retour du terrain de foot, à la recherche d'une consolation anticipée. Il avait croisé son père avec la caisse de bière sur l'épaule et sentait s'approcher le rendez-vous du soir. Mimmo et Cristofaro restaient dans le noir à écouter la respiration de Nanà qui avait le rythme du ressac marin. Ils se posaient des questions sur Celeste, car Mimmo l'aimait avec les mêmes paroles que son chanteur napolitain, et il partageait son secret avec Cristofaro et avec Nanà. Il racontait combien lui faisait peur la connaissance que Celeste avait des questions d'amour. À l'école, il fuyait les groupes ricaneurs de ceux qui craignaient Celeste et inventaient sur elle des comptines pleines de méchanceté parce que sa mère est une salope, sa grand-mère était une salope, ils remontaient de génération en génération jusqu'aux origines de ce métier familial pour s'expliquer la science de Celeste. En fait celle-ci, pour tromper l'ennui de ses longues prisons sur le balcon, avait fini par percer un trou dans les persiennes à force de creuser avec un crayon opiniâtre, et, collant son œil, avait eu la révélation de la pièce où sa mère s'agenouillait sur le lit en prière devant la Vierge au Manteau et où tous les hommes du Quartier se pliaient au-dessus d'elle. Elle avait appris d'autres contorsions et tous les gémissements possibles, elle avait appris comment on fait vite et comment on retarde, elle avait appris les prix et les suppléments, les précautions et les petites arnaques, et elle connaissait la mesure de tous les pères de ses camarades, parce qu'il n'y en avait pas un qui n'avait pas soupiré dans le Paradis de Carmela. Alors, pour se venger de leurs comptines, quand elle passait à côté des attroupements avec un sourire froid chargé de mépris, elle glaçait ses camarades de classe en montrant, dans la très courte mesure entre son pouce et son index, l'infime extension de leur géniteur. Ils apprirent vite à ne pas la provoquer parce que Celeste savait les blesser dans leur unique certitude, la virilité paternelle. Et ils n'avaient pas la présence d'esprit de lui répondre qu'elle, justement, cette virilité paternelle, elle ne la connaissait pas, vu qu'elle ne savait pas qui était son père.

C'était précisément la question que se posait Mimmo quand il se baladait sous le balcon de Celeste prisonnière. Il guettait son profil qui n'était pas de ces parages parce qu'il semblait lustré par le plus fin des polissages, il guettait son menton prononcé, partagé au milieu par un sillon parfait, ses sourcils épais dessinés selon la forme enfantine de la tristesse, ses lèvres fines toujours entrouvertes sur la grâce d'un sourire naturel. Elle savait le transformer en une grimace d'animal cruel sur de magnifiques dents qui contrastaient avec la peau brune de son bronzage de naissance. Mimmo passait et repassait parce qu'il l'aimait, jusqu'au moment où elle ne se souciait plus de la gêne que lui procuraient ces regards et où il restait tranquillement à soupirer après elle depuis le trottoir d'en face.

Il racontait à Cristofaro comment il était capable de la regarder pendant des heures, bien au-delà des délais conseillés par l'amour. Parce que, la dernière fois qu'il s'était arrêté en contemplation devant le balcon, il revenait du terrain de foot et ne pensait pas du tout à Celeste mais seulement à Nanà qui devait, le lendemain, affronter une nouvelle course à l'hippodrome clandestin du promontoire. Il avait gardé dans son sac les restes du goûter qu'il avait mendiés auprès de ses camarades pendant la récréation pour que le cheval ait plus de force et fasse belle impression.

Avec Nanà, il partageait le repas de midi et celui du soir, préférant l'écurie à la solitude de la salle où il mangeait en compagnie de la photo officielle de l'équipe de foot que son père avait fait encadrer pour l'avoir toujours sous les yeux, lui qui offrait une tournée d'encouragement la veille de chaque match. Tandis qu'il se dépêchait d'arriver à l'écurie, Mimmo vit Celeste sur le balcon et éprouva, comme dans un miroir, tout le bonheur de sa solitude, alors il resta à se regarder dans le reflet de la fille assise sur son petit banc pendant que les magasins fermaient pour le repas de midi. Il continua à regarder Celeste dans toutes les nuances de l'après-midi sans parvenir à se libérer du sortilège. Il oublia Nanà et ses tâches à l'écurie, et toute sa journée s'évapora sous ce balcon parce que les persiennes ne s'ouvraient qu'un bref instant pour se refermer aussitôt sans laisser à Celeste le temps de quitter son siège. Mimmo priait pour que les clients de Carmela ne manquent jamais de désir ce jour-là, empêchant ainsi Celeste de rentrer.

Mimmo réalisa à quel point il était tard seulement lorsque, tous ensemble d'un coup sec, les rideaux roulants des boutiques descendirent pour signaler qu'il était vingt heures. Carmela ouvrit les volets car elle ne travaillait pas le soir, et appela Celeste pour le dîner. Au moment où celle-ci rentrait, Mimmo se sentit touché par son regard.

Voilà ce qu'il racontait, et Cristofaro écoutait, conscient que le temps s'envolait pour lui à mesure qu'approchait le rendez-vous avec les coups du soir. Mimmo se tut et écouta le ressac atone de l'angoisse de Cristofaro. Alors ils restèrent en compagnie de Nanà à attendre la tombée de la nuit qui, par pitié, fit de larges détours et, désireuse d'offrir un délai à Cristofaro, s'attarda dans les quartiers sur les coteaux, laissant tomber de lentes miettes d'obscurité sur les flancs des collines. Le ventre de Nanà lui aussi faisait un bruit de mer tandis que, chez le boulanger, on ouvrait le four pour sortir la dernière fournée: le parfum du pain se libéra de l'étreinte de la chaleur en se répandant dans l'air pour le purifier de la saleté des soucis, des gaz d'échappement des voitures, de la puanteur du poisson invendu, du poison des remugles d'égout qui remontaient le long des conduits bouchés depuis des siècles en proposant la même odeur de merde qu'à la préhistoire.

Le parfum du pain se présenta à la porte de la boulangerie et prit le Borgo Vecchio par l'arrière. Le boulanger avait beau faire deux fournées par jour, à l'aube et au crépuscule, l'étonnement était tel que personne ne s'était jamais habitué à ce parfum et, deux fois par jour, chacun pensait qu'il n'avait jamais rien senti de semblable et faisait un signe de croix.

L'odeur du pain traversa la place, anéantissant les efforts vespéraux des agrumes captifs sur les étals du marché et désireux de laisser une dernière trace olfactive dans la nuit, elle effaça l'illusion de printemps contenue dans le mystère odorant du pomélia, prit possession des carrefours et resta en garnison dans les ruelles et les tavernes afin que personne n'échappe à son étreinte. Elle atteignit le moribond du troisième étage qui, à travers ses râles, prenait congé de sa famille en larmes, et éclaira son agonie d'une involontaire perfidie en lui faisant sentir, à l'instant des derniers spasmes, combien il était atrocement douloureux de se séparer du parfum du pain et de la vie, elle pénétra dans l'alcôve bleue de Carmela juste au moment où le client se vidait dans la violence de la dernière étreinte avant de s'affaler sur elle et d'y découvrir, outre l'héritage de sueur acide de tous les hommes de la journée, le parfum émouvant du corps de Carmela, celui du pain en réalité, si bien qu'il se mit sans raison à pleurer au fond de ce lit. Carmela elle aussi qui, en d'autres occasions, l'aurait poussé dehors parce qu'elle n'avait pas de temps à perdre, sentant la bénédiction de cette odeur de pain, se mit à le caresser et le consola d'être un homme à putes.

L'odeur du pain enserra dans sa toile d'araignée l'ouvrier du chantier naval s'en revenant chez lui, le centre de ses yeux brûlait de l'éclat du fer à souder qui avait étincelé tout au long de sa journée de travail sur le flanc d'une coque de bateau, il ne voyait que cette braise imprimée dans sa pupille, et il marchait en guettant du coin de l'œil, car son horizon était en feu, les obstacles les plus dangereux sur le chemin de sa maison. Quand le parfum du pain arriva jusqu'à lui, l'homme le prit pour l'odeur de la mer parce que là, précisément, où le bout de la rue s'estompait et se perdait dans les brumes de la flamme qui le brûlait, il se vit dans une anticipation de futur sur le pont le plus haut du bateau qui venait d'être mis à l'eau, au centre de l'horizon net et précis maintenant que les embruns, comme les larmes, avaient éteint pour toujours l'incendie de ses yeux.

Le parfum du pain s'infiltra le long des ruelles voisines, celles des guets-apens aux dames aisées qui étaient obligées de franchir la douane de ces rues pour arriver aux magasins du centre-ville. C'était comme une incitation, car, lestées de leur porte-monnaie bien rempli, elles ralentissaient leur marche inquiète quand elles se sentaient rassurées par cette odeur qui parlait d'ardeur au travail. Elles en suivaient sans raison les traces en s'aventurant jusque dans ce traquenard de ruelles et de cours intérieures qui s'ouvraient en étroits passages encore plus secrets et aveugles. Plus elles croyaient s'approcher de la source de cette odeur, plus elles étaient captivées, désarmées, jusqu'au moment où Totò le voleur les cueillait, prêtes pour lui, devant le porche de son immeuble. Il lui suffisait de tendre la main et de montrer de l'autre le canon de son pistolet.

Il les terrorisait en les dégoûtant avec des promesses d'amour rapide et violent là, sur place, il les caressait de sa main tenant le pistolet jusqu'au moment où il arrivait à la sécrétion incomparable des porte-monnaie. Totò le voleur s'évanouissait avec le parfum du pain dans l'obscurité du porche, les laissant vidées et trahies, les joues traversées d'une cicatrice de maquillage qui suivait la pente de leurs larmes.

L'ivrogne de sept heures du soir quitta la taverne avec la conviction d'être déjà au matin. Il éprouvait une peine extrême à l'idée de devoir affronter une nouvelle journée avec des yeux en manque de sommeil et tout le poids du monde sur les épaules. Il se désolait de sa vie d'alcoolique en parlant à voix haute pour se tenir éveillé et pour suivre le sentier rectiligne des paroles qui le guidèrent jusqu'au robinet d'eau du marché. Les marchands de fruits et légumes utilisaient cette pompe pour ranimer leurs marchandises engourdies par la sécheresse de l'après-midi. Il décida qu'il avait encore soif, mais en même temps que l'eau qui lui humectait le visage arriva le parfum du pain et il se sentit tout à coup bien réveillé, et racheté. Il ouvrit de nouveau le robinet, le referma et l'ouvrit encore, convaincu que l'eau avait un parfum de pain. Il jura qu'il ne boirait rien d'autre de toute sa vie. Et il s'en alla avec une sensation de renouveau et de fraîcheur, prêt à affronter la journée alors qu'il était temps à présent d'aller dormir.

Lorsque le parfum du pain atteignit l'écurie de Nanà, Cristofaro sentit se resserrer encore le nœud coulant du rendez-vous du soir. Il était déjà tard et il ne voulait pas offrir à son père d'autres motifs de s'exciter; il sortit en mesurant le sol mètre après mètre, en révisant dans sa tête toutes les précautions pour se protéger, par exemple couvrir sa tête de son bras, ou bien amortir les coups de poing dans l'estomac en reculant pour accompagner le coup, ou encore se recroqueviller, genoux repliés contre la poitrine, et laisser le père s'acharner sur son dos jusqu'à l'asphyxie, en attendant que la bière le calme. Tandis que Cristofaro rentrait chez lui, Mimmo continuait à raconter au cheval Nanà comment il savait qu'il se retrouverait seul avec lui. Il lui dévoila aussi le goût de Celeste pour les études. Le lendemain, il était revenu au sortilège du trottoir et l'avait vue avec son livre de classe sur l'éternel petit banc de la terrasse, elle s'était lassée à présent d'épier, par le petit trou dans les volets, le spectacle sans nouveauté de sa mère qui priait à genoux. Alors elle lisait et apprenait ses leçons, parce qu'elle n'avait pas d'autre issue pour s'évader du balcon.

Mimmo racontait à Nanà l'obstination de Celeste qui n'était pas de nature terrestre. Dieu lui-même, qui ne s'était jamais ému du parfum du pain, avait manifesté la force de son aversion pour ces études échappant à sa grâce. Les intercessions de la Vierge au Manteau n'avaient servi à rien, et le Seigneur avait commencé par envoyer une fine pluie d'avertissement afin que Celeste devine sa colère, mais celle-ci avait répondu sur le même ton, en protégeant les pages de son manuel avec du papier transparent, il avait ensuite soufflé des rafales de vent capricieux pour lui compliquer l'illusion des études, lui faisant perdre les pages marquées, mais elle, opiniâtrement, revenait en arrière mot après mot pour reconstruire le labyrinthe de son évasion. Alors, vu que Celeste se refusait à comprendre, le Seigneur vida le ciel de toute la pluie d'orage qu'il avait conservée pour répondre aux vœux de l'archevêque qui, dans les replis estivaux de la sécheresse, implorait le miracle de l'eau afin de pouvoir ériger de petits autels pour la grâce reçue et des prières collectives d'action de grâce. Mais plus la pluie tombait dru, plus Celeste se serrait dans son anorak en tirant les élastiques de sa capuche, et elle continuait à lire son livre de classe. Alors le Seigneur se sentit défié par l'audace de la fillette et décida de punir le Quartier pour que le péché de Carmela, à travers sa fille, s'étende par contagion à tout un chacun.

Il versa des seaux d'eau violente, il souffla des rugissements de vent qui gonflait les bâches du marché et celles-ci se défirent de tous leurs nœuds, arrachèrent toutes leurs cordes et s'élevèrent sur le Quartier pour faire régner la terreur dans un présage de fin du monde. Semblables à des bêtes volantes, elles descendaient en piqué et vous laissaient des marques de fouet et de coup avant de reprendre de l'altitude, voltigeant haut au-dessus des ruelles comme à la recherche de proies, s'abattaient soudain dans la méchanceté de leurs anneaux métalliques semblables à des fléaux, et puis encore, insaisissables, recommençaient à s'élever jusqu'au moment où les tissus et les bâches en plastique rencontrèrent un obstacle sur les statues du fronton de l'église. Tout le monde eut l'impression que les saints de pierre détournaient leur tête auréolée de bronze pour se libérer de la gêne des draps qui continuèrent à rouler de statue en statue pour finir par embrasser, à la façon d'un saint suaire, le visage du Christ en croix. Celui-ci avait beau se contorsionner en tentant de se libérer, il ne parvenait pas à arracher ces suaires de son visage, empêché qu'il était par les clous plantés dans ses paumes. Il resta couvert comme pour le vendredi de la Passion, dans la résignation de devoir répéter son Calvaire. En réalité, c'était la tendresse de son Père qui lui voilait les yeux pour l'empêcher de voir la férocité de son irritation.

Le vent continua à dévaster le marché, interdisant toute transaction car les rafales arrachaient l'argent des mains des clients, et aussi les denrées achetées. Pas moyen de rentrer en possession des aliments végétaux dont les feuilles en forme d'ailes offraient une prise aux coups de vent et les maintenaient en l'air, aussi inaccessibles que les cimes des cyprès, tandis que les mouettes venaient se nicher dans des moitiés de pastèque pour s'ancrer au sol lourdement, dans la confusion entre faune et flore, tous aspirant à ce qu'ils ne seraient jamais.

Les marchands de fruits et légumes essayaient de récupérer leur bien en se hissant sur les poteaux électriques, mais ils avaient beau tirer vers le bas les brocolis et les céleris, ceux-ci remontaient comme des cerfs-volants. Les poissonniers n'arrivaient pas à rassembler sur les étals de marbre les poissons pris dans l'hameçon du vent qui semblaient ressuscités en une nouvelle vie aérienne et agitaient la queue dans d'illusoires courants d'air les poussant en bancs ailés d'un côté à l'autre, selon leur espèce, dans le ciel de la place. Les marchands de poisson réfléchissaient à des techniques de pêche inversée mais l'effort de devoir jeter les filets depuis les toits les découragea. Seuls les poulpes, de par leur anatomie impropre au vol, restaient ancrés les uns aux autres, agrippant le marbre de l'étal avec leurs tentacules. Et, de la même façon, les enfants les plus légers s'agrippaient au cou de leur mère, tandis que les autres, qui flottaient légèrement en l'air au moment des rafales les plus violentes, agitaient les pieds pour ne pas être emportés, comme s'ils nageaient, et il fallait les attraper par les cheveux pour les retenir.

Dans le délire du cyclone, les habitants du Quartier prirent d'assaut les boutiques encore indemnes parce que quand le vent arrive, il arrive pour tout le monde. Les vitrines des magasins tombèrent, et l'on ne sut jamais si la cause en était le pillage ou le miracle vu que, soudain, toutes les fenêtres s'ouvrirent grand, brisant leurs gonds, laissant pénétrer un grand souffle de rancune divine jusque dans les pièces les plus secrètes où l'on conservait les corps momifiés des ancêtres afin que leurs petits-enfants puissent continuer à toucher leur retraite. Les volets de l'alcôve de Carmela s'ouvrirent eux aussi, montrant au monde le blasphème de sa prière. Mais Celeste se courba pour offrir le moins de surface possible à la meurtrissure du vent, et elle continua à lire dans son manuel scolaire de fâcheux chapitres concernant les us et coutumes simples des religions païennes qui irritèrent plus encore le Seigneur. Pour la frapper, il fit en sorte que la lumière électrique cesse et il précipita le Quartier tout entier dans l'obscurité des premiers temps.

Une nuit soudaine était tombée, dense et impénétrable. Une obscurité si profonde, personne ne s'en souvenait, pas même les plus vieux qui avaient traversé les époques de guerre et les couvre-feu, quand la géographie de la côte devait par décret disparaître aux regards des bombardiers américains. Dans le noir, il ne restait alors aux aviateurs qu'à laisser tomber les bombes sur des villages étrangers au conflit, tellement neutres qu'ils avaient, dans leur ingénuité, laissé les lumières allumées. Ces mêmes vieux, maintenant, rentraient chez eux dans le noir en reconnaissant à tâtons les fissures sur les murs des ruelles qui avaient la même écriture que leurs rides, et convaincus d'être enfin arrivés à leur chambre, ils se glissaient dans le lit de quelqu'un d'autre, provoquant un changement généralisé d'identité qui n'eut guère de conséquences parce que les vieux avaient tous les mêmes exigences réduites au strict minimum, et des urgences nocturnes tellement semblables que leurs propres familles ignorèrent avoir un étranger dans la maison lorsque, dans l'obscurité, elles entendirent, venant des toilettes, le goutte à goutte lent de leur pipi nocturne et leur souhaitèrent un bonne nuit papa dans un quiproquo de parentés qui engloba même les veufs sans enfant. Se sentant salués par une nostalgie antique et très profonde de paternité, eux aussi répondaient bonne nuit sans savoir à qui ils s'adressaient.

Dans la charcuterie, Giovanni avait allumé les bougies et les chandelles du jour des Morts pour que les clients ne se perdent pas en chemin. L'absence de courant électrique avait bloqué la roue de la trancheuse et Giovanni coupait la mortadelle au couteau avec une confiance excessive en sa balance trafiquée. Plus il coupait, plus la balance demandait de mortadelle, car le poids ne semblait jamais atteint. Le black-out avait dérangé la tare truquée, et la balance était revenue à l'innocence des cent grammes sans escroquerie. Ou plutôt, dans son dérangement magnétique, la sensibilité de l'aiguille s'arrêtait obstinément à quatre-vingt-dix grammes, obligeant Giovanni à ajouter une nouvelle tranche sur le papier, et puis une autre, et une autre encore, jusqu'au moment où le sens de la justice de la balance s'estimait satisfait et, lentement, accordait le poids de cent grammes. Giovanni n'osa pas répliquer à l'évidence de cette générosité et, en ce soir d'urgence, il laissa chacun rentrer dans l'obscurité de sa maison avec la satisfaction d'en avoir largement pour son compte.

Le père de Cristofaro était déjà passé au magasin et il avait chargé sur son épaule la caisse de quinze bières. En suivant le phare interne de sa soif, il était parvenu à rentrer chez lui. Assis dans le noir, il buvait et attendait le retour de Cristofaro. Il cherchait dans l'obscurité sans parvenir à voir autre chose que les éclairs colorés de ses brûlures d'estomac, puis seulement l'abîme noir de son vertige, comme un saut dans le vide. Il entendit Cristofaro ouvrir la porte, suivit ses pas le long du couloir et alla à sa recherche. Mais Cristofaro profitait de l'obscurité pour se cacher, faisant croire qu'il était dans la salle à manger, où son père allait le chercher à tâtons, la main gauche prête comme une griffe, la droite crispée dans le poing, puis, ne le trouvant pas, l'appelait, et Cristofaro répondait je suis là, je suis là, et le père, s'appuyant aux murs du couloir, essayait de l'attraper. Toujours chancelant, il le chercha dans son lit mais n'y trouva que l'oreiller parce que Cristofaro était déjà dans la cuisine, et le père répéta son appel, lui intimant l'ordre de ne plus bouger, je ne bouge pas, répondit Cristofaro qui, entre-temps, était déjà parvenu dans le séjour tandis que son père commençait à pleurer de désespoir parce qu'il n'arrivait pas à se saisir de lui dans le noir et sentait que la bière prenait le dessus sans lui avoir laissé le moyen de se défouler, puis il continua à errer dans la maison, sanglotant de se sentir livré au tumulte de sa rage aveugle qui se retournait contre lui dans cette obscurité semblable à un miroir. Jusqu'au moment où la bière l'abattit sur son fauteuil.

Cristofaro, de sa cachette, écoutait son père qui pleurait dans son sommeil, et puis à la fin, comme un soulagement, le bruit de la pluie effaça aussi cette dernière menace. Alors Cristofaro commença lui aussi à pleurer.

Comme elle était noire, cette obscurité, racontait Mimmo à Nanà, tellement noire que Celeste disparut presque de sa vue. C'est qu'il était là, lui, sous le balcon de son amour, opposant son corps au vent de la hargne divine, se trempant d'une pluie qui n'avait plus désormais la consistance de gouttes mais la nature débordante de la mer. Il ne comprit pas quelles lueurs avait pu inventer Celeste pour continuer à lire son manuel scolaire. Mais il était certain qu'elle s'était entêtée dans son péché parce que les phénomènes atmosphériques n'eurent pas de trêve et augmentèrent même d'intensité jusqu'au moment où il sentit l'inondation atteindre ses genoux et s'en retourna chez lui avec autant de difficulté que s'il marchait dans l'eau au bord de la mer, arrachant un pied après l'autre à la force du courant qui était en train d'engloutir le Borgo Vecchio.

Les rafales de vent avaient agité les marées internes du port qui se remirent à gonfler dans les caves des immeubles construits à proximité de la mer et remontèrent l'embouchure du fleuve souterrain en exhalant comme un soupir de réveil. On devinait, dans le Quartier, le gargouillis de ses intestins en train de se remplir, car cette cavité restée à sec depuis des millénaires était le lieu où se donnaient à présent rendez-vous d'une part les sources dévalant sans obstacle les pentes des collines et d'autre part la mer qui avait toujours cherché une trouée dans la ville. Ensemble, elles pénétrèrent sous les ruelles, comblèrent la moindre bulle d'air et le fond de toutes les bouches d'égout, remontèrent le labyrinthe des canalisations, brisèrent les scellés des rideaux roulants des magasins, et il n'y avait pas moyen d'endiguer le flux de ce jet qui, en un sifflement, s'éleva dans le ciel noir du Quartier et retomba sous forme de fontaine.

Carmela congédia son dernier client, arracha Celeste au blasphème de sa lecture et se réfugia dans les escaliers en se frayant un passage au milieu des regards fuyants des femmes de l'immeuble qui lui faisaient place pour éviter d'avoir seulement à l'effleurer. Aux fenêtres ouvrant sur les balcons intérieurs, elles tentaient de comprendre comment s'opposer à la marée montante, sans parvenir, dans l'obscurité, à situer le point de départ de l'inondation. Elles en percevaient seulement la voix qui engloutissait le moindre espace en exhalant d'énormes jets d'air à proximité des voûtes. On entendait un fracas de cascade qui remplissait les vases communicants des cavités du Quartier. Et il n'y avait ni secours ni aide possible car, depuis de nombreuses années, depuis qu'ils avaient tourné le dos à la mer, les gens ne savaient plus nager. Ils entendirent le choc de la porte d'entrée qui cédait sous la force du courant et se réfugièrent en haut de l'immeuble, sur la terrasse. Ils se sentaient pris au piège entre la mer qui poussait par en bas et le ciel nocturne qui les menaçait d'en haut. Le Seigneur avait ouvert les bras pour laisser les nuages se disperser, et il avait cessé de pleuvoir. Pour la première fois, Carmela et Celeste regardèrent ensemble le firmament. L'obscurité électrique avait libéré toutes les étoiles de l'invisibilité due à l'éclairage. Elles découvrirent des constellations dont seuls les plus âgés se souvenaient, mais au prix d'un intense effort de mémoire qui les obligea à remonter à des époques si éloignées qu'elles appartenaient à d'autres générations. Ils les imaginaient éteintes en même temps que leur jeunesse, et pourtant elles étaient là, tellement intenses et présentes qu'ils furent nombreux à tendre le bras, persuadés de pouvoir les toucher.

Celeste s'endormit sur la poitrine de Carmela, celle-ci n'avait plus peur et avec la lumière des étoiles lui arriva la bénédiction de la Vierge au Manteau qui lui accordait le salut. D'un seul geste miraculeux, elle avait arrêté les eaux un instant avant qu'elles ne viennent lécher le cadre de sa sainte image qui protégeait le lit de blasphème de Carmela.

Aux premières lumières du jour, on découvrit que la mer avait brisé toutes les digues et avait pénétré dans la ville par la porte du Quartier. Il régnait un calme de déluge universel. Ceux qui dormaient encore furent réveillés par les sirènes des bateaux qui ne trouvaient plus le port et s'enfonçaient vers l'intérieur car ils voyaient encore de la mer à l'horizon alors que les instruments indiquaient la fin de la navigation.

Les paquebots dépassèrent la digue engloutie et défilèrent le long des immeubles en soulevant des vagues qui venaient se briser, sous les yeux terrorisés des ménagères des ruelles, sur les terrasses où elles cultivaient leur basilic. Dans l'étourdissement du réveil, elles n'avaient pas enregistré la nouveauté de cette inondation, jusqu'au moment où, entendant un murmure à leur porte, elles l'avaient ouverte et avaient vu la mer se déverser dans leur cuisine.

Ceux qui chaque soir, au premier coup de sirène du ferry, raisonnaient sur le mystère de la flottaison se trouvèrent soudain face à face avec les voyageurs. Sur les ponts des navires, ceux-ci s'interrogeaient sur la nouveauté de ces récifs en forme d'immeubles. Les passagers appuyés au bastingage et les habitants appuyés aux balcons se saluaient d'un geste de main, ne sachant quoi se raconter. Les commandants, sur le pont supérieur, donnèrent l'ordre de faire machine arrière toute pour freiner l'erre. Au bout de leurs jumelles, ils avaient aperçu des collines au loin et restaient perplexes, indécis quant aux manœuvres à réaliser.

Certains bateaux avaient défait leurs amarres sur les môles du port et navigué seuls dans la tempête jusqu'à s'échouer sur les terrasses du premier étage. Les habitants les plus audacieux, et ceux qui n'avaient pas reçu toutes les réponses à leurs appels nocturnes à la famille, s'embarquèrent et traversèrent à coups de rames improvisées le bras de mer où devait, dans leur esprit, se trouver la place du marché. Giovanni lui aussi s'aventura avec l'oncle et la tante sur une barque vacillante, et ils ramèrent vers le miroir d'eau qui avait submergé la bergerie du cousin Nicola. Ils le cherchaient, esquivant les ordures de la misère qui n'avaient plus de raison de tenir à la terre et flottaient à la surface avec les corps des noyés qui s'étaient libérés du labeur de vivre et, le visage tourné vers le bas, y jetaient un dernier regard dénué de nostalgie.

Nicola, criaient-ils depuis la barque, Nicola, avec pour seule réponse une lointaine rumeur de plage et le bâillement des bulles d'air qui s'ouvraient soudain pour restituer des corps d'animaux de trait et de poules noyées dans les poulaillers clandestins installés au fond des caves pour avoir de quoi survivre en temps de disette. Ils cherchèrent encore, sondant le fond comme pour la pêche aux poulpes, ils remontèrent la place du marché en la survolant d'un regard de raie manta et découvrirent le quartier tout entier noyé et opaque dans le miracle de la suspension : ils virent des ménagères mortes retenues entre deux eaux par le lest des paniers de provisions que leurs mains cupides n'avaient pas lâchés, et on aurait dit qu'elles se racontaient l'émerveillement de cet état-là tandis qu'une légère brise de courant marin agitait des mèches de leurs cheveux, ils virent les vendeurs de fruits et légumes qui n'avaient jamais perdu de vue leur étal suivre à présent, de leurs bras finalement débarrassés de la fatigue, le rythme capricieux des marées, comme des chefs d'orchestre, entourés, à la façon de couronnes funéraires, de cercles de fruits que l'eau avait libérés de la contrainte des cageots.

Nicola, criaient-ils encore depuis la barque, Nicola, jusqu'au moment où le souffle d'une bulle d'air ramena à la surface, juste à côté de la barque, l'agneau de novembre. Il était tout gonflé d'eau mais ils le reconnurent immédiatement aux étoiles filantes d'or et d'argent qui le torturaient depuis Noël. Du cousin Nicola, on ne sut plus rien. Son nom resta à jamais dans le registre des disparus.

Le couteau et le pistolet

Totò le voleur cachait son pistolet dans une de ses chaussettes. C'était plus difficile pour les flics de le trouver à la première perquisition. Il avait ainsi une possibilité de s'enfuir. Il était déjà arrivé que les forces de l'ordre prennent le Quartier d'assaut, avec postes de contrôle, quadrillage des rues, blocage des accès. Plusieurs fois Totò s'était retrouvé pris dans les filets du ratissage, les mains appuyées sur le toit de la voiture de police pendant que les flics fouillaient ses poches à la recherche de preuves et que ses nom et prénom étaient scandés au micro de la radio afin que, dans les souvenirs électroniques du commissariat central, il soit vérifié à qui ils appartenaient. En attendant que l'éther donne la réponse, Totò le voleur saluait les passants curieux par de larges sourires, et par des clins d'œil les jolies jeunes filles qui regardaient derrière les vitrines des magasins, et d'un coup de menton il donnait rendez-vous aux copains de sa ruelle, certain de son impunité.

De la centrale de la police arrivait un verdict brouillé par les interférences mais tellement circonstancié d'antécédents et accusations qu'on aurait dit une prière de litanies sans repentir pour la répétition des péchés de vol à la tire et agression. La voix remontait dans le temps pour faire connaître les séjours à la maison de correction, et plus loin encore, l'illégalité enfantine des renvois scolaires jusqu'à l'abandon définitif de l'école, le jour où Totò avait menacé l'instituteur en lui pointant le pistolet sur la tempe parce qu'il refusait de changer ses notes, trop basses, sur le bulletin final.

La voix à la radio donna lecture de sa condamnation précoce et définitive en un temps où il était encore innocent des délits des hommes et où son casier judiciaire portait seulement la tache du péché originel, car il était né depuis une semaine à peine lorsqu'une patrouille avait rencontré son père qui sortait de la pharmacie avec son butin dans une main et le pistolet dans l'autre, et les flics l'avaient tué après la sommation réglementaire puisqu'il avait levé sa main armée, sûr de terroriser les blancs-becs en uniforme. Il les terrorisa si bien qu'ils fermèrent les yeux et tirèrent. Quand ils les rouvrirent, le père mourait, la tête sur le coussin du trottoir, un œil hors de l'orbite et le sang coulant à flots dans la pente, le long du virage de la rue qui entre dans le Quartier.

Lorsque le médecin légiste prit acte du décès du père alors même que c'était une évidence pour tout le monde, on découvrit, dans la besace du butin, des produits de première nécessité pour bébés, les biberons fendus par la chute dans la mort, le lait en poudre, les couches, les tétines volées dans la hâte parce que Totò nouveau-né pleurait déjà de désespoir et n'avait pas laissé à son père le temps d'organiser des larcins brefs mais peu risqués. À la fin de l'expertise balistique, de l'autopsie et des obsèques rapides sur le fourgon des pompes funèbres communales qui traversa le Quartier en ralentissant l'allure par pitié car il n'y avait, pour suivre le convoi, que la mère de Totò poussant péniblement son landau, ce fut le magistrat lui-même qui s'approcha de la veuve pour lui remettre le portefeuille, la montre de son mari, ainsi que le pistolet-jouet qui avait eu l'air si authentique, afin que le petit Totò eût en même temps des jouets pour s'amuser et un souvenir de son père.

Les agents de police laissèrent Totò rentrer dans le Quartier, certains qu'ils se retrouveraient parce qu'ils avaient vu, dans les documents décrivant ses antécédents, leurs destins qui se croisaient. Totò n'aurait pas d'échappatoire.

Les forces de l'ordre faisaient montre de leur pouvoir en installant des postes de contrôle tout le long de la frontière du Quartier. Les policiers préféraient ne pas s'aventurer jusque dans les entrailles des ruelles et des cours intérieures où ils se retrouvaient chaque fois refoulés par des jets, depuis les balcons, de bouteilles et de tous les détritus solides choisis et conservés en attendant le jour où les uniformes se présenteraient au petit matin dans l'espoir de surprendre le Quartier dans son sommeil.

C'était le chien aveugle montant la garde près du rideau roulant de la boucherie qui était le premier à percevoir l'odeur de cuir des bottes. Il lançait alors un long hurlement de sirène de police qui résonnait sur les façades, se multipliait en aboiements sourds de menace, laissant un écho suspendu en l'air car le vieux chien avait cessé d'aboyer et s'écoutait comme s'il s'agissait d'une voix étrangère et ennemie. Au fond de ses ténèbres, ne sachant qui mordre, il plantait ses dents dans sa propre cuisse. C'était le mouton de novembre qui, entendant cet aboiement, percevait une odeur de loup au moment de dénouer l'étreinte nocturne du cousin Nicola et essayait de se dégager de la boue de la cour en bêlant désespérément parce qu'il ne comprenait pas d'où arrivait le péril. Il sentait lui-même, ce mouton, que son behhhh prolongé ne rendait pas compte de l'immensité de sa terreur mais plutôt d'une éphémère perplexité, et il caracolait d'un coin à un autre à la recherche du salut, croisant le cousin Nicola qui courait à son tour sur les traces du mouton excité par le pressentiment du danger, tandis que la lumière du matin revenait dévoiler les limites de leur prison et l'horreur d'une nouvelle journée. Au désespoir sans substance du mouton répondait le chahut des poulaillers souterrains en vue des périodes de disette, les poules s'imaginaient le monde entier en train d'épuiser ses ressources alimentaires car les hurlements du mouton de novembre qu'on égorgeait parvenaient jusque dans leurs caves sans l'annonce de Pâques.

Du fond de leurs sous-sols, les volailles voulaient de la lumière pour que le bourreau procède avec ordre dans le travail de sa hache, sans quoi il risquait, dans la confusion du carnage, de couper la tête des jeunes coqs adolescents plutôt que celle des poules stériles des plus anciennes couvées. Leur boucan venait accoster à la surface en même temps que la puanteur du guano et s'accordait au cri de l'oie sortie des flaques des cours intérieures pour une première inspection dans les détritus du marché de nuit. Elle sentait bien toute l'urgence de ces appels, en même temps que la faiblesse et l'insuffisance de son paisible cancan au moment où elle s'enfonçait dans la profondeur de la ruelle, effrayée à l'idée que la chaîne sonore de cette alarme ne se brise justement sur son propre cri. Elle arrivait jusqu'au mur de ceinture avec cette gaucherie dandinante des animaux de marécage, certaine qu'il n'y avait pas d'autre voie de salut, défiant la férocité du chat du premier étage qui avait découvert de douloureuses méthodes pour s'évader de son balcon en ouvrant une brèche dans le grillage au prix d'un museau déchiré. Le chat comprit à son tour qu'il ne s'agissait pas de la promenade habituelle de cette oie malavisée et, plutôt que de se jeter à l'assaut, s'aplatit sur le sol du balcon, hérissa le poil, souffla un miaulement rauque et menaçant de grand félin, réveillant ainsi le perroquet dans sa cage du deuxième étage, lui qui était maître de la langue. Le perroquet sortit sa tête de dessous son aile, regarda fixement d'un côté, puis de l'autre et claironna : « Flics à l'orient ! Flics à l'orient ! »

Le Quartier se réveilla comme un seul homme et chacun prit ses précautions. Il y en avait qui cachaient des portefeuilles pas encore explorés, soustraits lors de guets-apens nocturnes dans les parkings des restaurants, et les mettaient à l'abri pour plus tard dans les poches secrètes des pots de basilic, il y avait des familles entières qui se hâtaient dans les escaliers des immeubles pour finir de décharger les salons d'été volés lors de cambriolages avec effraction dans les villas du bord de mer. Épuisés, ils avaient laissé leur butin toute la nuit dans la rue sur le plateau arrière de leur triporteur et se hâtaient maintenant de le faire disparaître dans les sous-sols, en le camouflant sous des grilles d'égout, avec la participation des enfants qui bâillaient et se plaignaient parce qu'ils devaient bientôt partir à l'école.

Le prêtre de l'église du Gesù lui-même, en collant son œil au judas de la grosse porte encore fermée parce que ce n'était pas l'heure de la première messe, vit passer la colonne armée de matraques et protégée par des boucliers qui s'était engagée dans une voie sans issue parce que les forces de l'ordre possédaient des cartes vétustes, dessinées sur le Quartier de l'époque des Bourbons, quand la mer y était encore. Le curé se signa et courut à la sacristie. Il n'avait pas eu le temps de mettre à l'abri les crucifix d'or et d'argent, les ostensoirs et la couronne du Christ ressuscité qu'on lui avait laissés entre les mains au cœur de la nuit, lorsque les voleurs sacrilèges avaient frappé trois coups une pause trois coups, le signal convenu. C'était ce qu'ils avaient trouvé de sacré dans leur razzia nocturne et, vu qu'il n'y avait pas de marché pour les choses de Dieu, ils avaient choisi de les confier à la garde du curé en l'honneur de l'église du Quartier. Le prêtre avait béni le butin et imposé à lui-même et aux autres trois mea culpa d'absolution à genoux devant l'autel, sans accorder la moindre réduction sur les prières alors que les voleurs, voyant à travers la rosace de la fenêtre frémir la rumeur de l'aube, mouraient d'envie de s'en aller.

À présent il courait, le curé, convaincu que lui, justement, n'avait pas été pardonné vu que les flics étaient en train de s'amasser à proximité du porche de l'église. Il se saisit du butin en cherchant un coin où le cacher. Mais il n'y avait pas d'endroit au monde qui ne fût visible aux yeux de Dieu. Alors il décida de faire appel à une complicité et, ouvrant le tabernacle où dormait l'hostie du corps du Christ, fit en sorte que ce soit ce dernier qui veille sur le butin dans le mystère de son obscurité. Depuis toujours, il en avait fait le complice du recel.

Le peloton, interrompant son déploiement, s'arrêta pour faire le point juste devant l'église. Les flics se disposèrent en formation de tortue, protégés par leurs boucliers, tandis qu'en dessous ils se demandaient mais on va où ? Le brigadier avait beau interroger la carte et essayer de tracer du doigt des parcours de remplacement et de nouvelles hypothèses d'encerclement, il ne parvenait pas à retrouver leur position dans le monde, car on aurait dû être là, à l'endroit où cependant la carte indiquait les isobathes de la mer, des épaves espagnoles englouties et les hauts-fonds où on pêche les bancs de poissons. Il n'eut pas le temps d'indiquer du doigt une vague direction de repli que la grêle se fit entendre sur le toit de boucliers.

Une grêle légère au début, de légumes, puis de plus en plus violente, de bouteilles de la taverne scrupuleusement conservées en pyramides dans les greniers, de gravats des ouvrages de maçonnerie que les encerclés du Quartier avaient conservés sur le toit justement pour cette occasion. Et ils ne risquaient pas de manquer de munitions car, une fois terminées les premières, ils dessouderaient les pierres d'angle en tuf des terrasses, les tuiles et même le fer forgé des balcons.

Le brigadier appela le commandement par radio pour signaler l'impossibilité de s'avancer plus loin sauf à mettre en danger l'intégrité physique de ses hommes. Mais à l'autre bout on lui rétorquait qu'il fallait riposter, le temps est très beau aujourd'hui et le Quartier est entre nos mains. Alors le brigadier, avec la patience des subalternes, faisait état de foyers de résistance et de l'opportunité qu'il y aurait à faire intervenir des hélicoptères pour repérer d'en haut les derniers récalcitrants. Au bout du fil, on coupait court parce qu'il n'y avait pas de carburant dans les dépôts et que l'unique engin volant disponible était l'hélicoptère de l'après-midi qui survolait à temps perdu les banlieues du désespoir, comme un sentiment de culpabilité, comme l'œil de Dieu, non par nécessité de service mais pour rendre compte aux autres et aussi à lui-même de son existence. Le brigadier suggéra qu'on lui donne l'ordre de se replier momentanément, le temps de laisser souffler la troupe et de resserrer les rangs. Du commandement, on lui répondit enfin que cela pouvait se faire, mais que personne ne devait soupçonner une capitulation.

Le peloton recula jusqu'à la porte de l'église dans l'espoir que la grêle diminue d'intensité par respect pour les saints de la façade. Mais, dans le Quartier, les gens avaient un œil exact, et peut-être aussi la bénédiction des saints, parce qu'ils frappaient avec une précision transcendante dans la mire, et parvenaient à éviter les têtes des saints entourées de l'auréole grâce à des jets en forme de parabole, et même grâce à de brusques et inexplicables écarts que faisaient les projectiles, laissant intact le sourire de pierre résignée et bénissante des apôtres pour s'abattre sur la cible, alourdis de la mauvaise humeur céleste. Les policiers n'avaient pas d'autre issue pour fuir, ils s'étaient eux-mêmes coupé toute possibilité de retraite.

Quand les boucliers commencèrent à montrer les premières fissures du fléchissement, le brigadier frappa à la porte de l'église. Le curé ouvrit immédiatement pour qu'on ne le soupçonne pas d'hésitation et il laissa les agents en uniforme pénétrer le silence coupable du lieu. Il leur indiqua tout de suite la sortie arrière donnant sur une ruelle sûre que ne surplombait aucune fenêtre ou terrasse. Mais le brigadier, inquiet de nouvelles embuscades, demanda quelques minutes de repos, il prenait son temps pour laisser s'atténuer l'hostilité de la grêle, et proposait une bénédiction du peloton, et même une messe d'urgence à dire rapidement et dans les grandes lignes, où on arriverait très vite au point crucial de la communion afin que, sous la forme de l'hostie, le corps du Christ protège le peloton tout entier à travers la solidité d'un bouclier transcendant. Les hommes en uniforme virent le curé rougir, rempli d'une gêne coupable. Jamais il n'ouvrirait le tabernacle des hosties, angoissé à l'idée que l'on puisse découvrir la honte de ses trafics nocturnes, plus pour la bonne renommée de Dieu que pour lui-même, aussi persuada-t-il le brigadier, avec l'excuse que ce n'était pas l'heure pour une messe, de se soumettre au sacrement de la confession en équivalence de la communion, parce que, avec le repentir et l'absolution, personne n'oserait défier la parole de Dieu. Le peloton se remit en formation devant le confessionnal et, un par un, les hommes s'agenouillèrent au grand soulagement du curé qui fut parcimonieux dans la prescription des pénitences et large dans l'absolution.

Il se sentait léger, le peloton, lorsqu'il quitta l'église par la porte donnant sur la ruelle. La matinée était bien avancée et il n'y avait pas de recoins dans l'ombre ni de suspicions de guet-apens. Les voix du marché avaient pris possession du Quartier en même temps que les ménagères qui sortaient les légumes de leurs corbeilles et humaient les fruits dont l'odeur indique l'état de maturité. Les animaux en sentinelle s'étaient apaisés dans le silence des cours d'immeuble et s'endormaient dans la certitude du printemps.

Tout le monde vit passer le manipule des forces de l'ordre désormais inoffensif et protégé par la grâce de Dieu. Les agents avaient enlevé leur casque de sécurité et laissaient voir le visage fatigué de ceux qui travaillent la nuit et, dans le gris de leur tenue de combat, on les prit pour des ouvriers du bâtiment salis sur le chantier, et la matraque qui pendait à leur côté sembla à tous un outil de travail. Comme les maçons épuisés et heureux d'avoir fini leur journée, ils s'arrêtèrent pour se régaler de *calletti*, des tendons et cartilages en salade, et se désaltérer d'un bon coup de bière. Et puis ils s'en allèrent en saluant tout le monde, abandonnant au tranquille désordre des sans-loi la place du Quartier dont ils ne feraient jamais la conquête.

Mimmo et Cristofaro connaissaient l'histoire et le destin de Totò. Et comme tous les autres gamins du Quartier, ils auraient voulu être ses enfants. Dans l'écurie, ils se racontaient des fragments d'aventures annexes et enrichissaient la légende de Totò d'histoires non vérifiées qu'ils avaient saisies au vol chez leurs parents, dans la cuisine, et à travers les menaces de ceux-ci concernant leurs mauvais résultats scolaires, parce qu'ils allaient finir comme Totò, orphelins, vu que même sa mère, incapable d'affronter en même temps sa mélancolie de veuve et ses responsabilités de mère seule, l'avait abandonné. Ils disaient qu'elle était folle, refusée même par les asiles, recueillie dans un couvent sur les collines. Enfermée dans sa cellule, elle se racontait le mensonge d'un destin différent où son mari n'avait pas encore été tué mais continuait à voyager éternellement pour affaires de l'autre côté de l'océan, et où Totò n'était pas encore né. Elle le gardait dans son ventre, en une gestation sans fin. Les plus récalcitrants des enfants finiraient comme lui, fugitif sans domicile fixe et sans affection, qui ne connaissait ni règles ni limites parce qu'il dépensait la nuit tout ce qu'il avait volé le jour, et pour qui les portes de l'enfer étaient déjà ouvertes. Pour Cristofaro et Mimmo, tout cela ne résonnait pas comme des menaces. Sans bien comprendre pourquoi, ils y devinaient des promesses.

Cristofaro racontait dans l'écurie à Mimmo et à Nanà que Totò le voleur cachait son pistolet dans sa chaussette parce que c'était plus difficile comme ça de le sortir. Une précaution, expliquait Cristofaro. Mimmo imaginait l'arme de Totò identique à celle de l'homme des courses clandestines quand il regardait les jockeys dans les yeux, levait son bras armé et tirait contre le ciel un coup qui terrorisait les chevaux. C'est à cause de cela qu'ils couraient, se disait Mimmo, pas pour la course et pas même pour la récompense, mais seulement par peur. Et il imaginait la balle tirée jusqu'aux nuages, qui s'élevait à toute vitesse au-dessus du cercle des hommes hurlants et des animaux terrorisés de l'hippodrome clandestin et admirait d'en haut, l'espace d'un instant, le profil du promontoire, la ligne blanche du ressac, l'indifférence de la mer qui continuait à apporter des épaves comme des nouvelles, des détritus, des corps noyés qui n'avaient jamais réussi à prendre le large de leur propre désespoir, et puis il l'imaginait en train de ralentir, fatiguée du vol, et de s'arrêter en un dernier coup d'œil exténué pour tomber tout droit en un vertige. Et tandis que Nanà courait et gagnait le circuit en croyant s'enfuir, Mimmo s'en allait patrouiller à travers les rochers à la recherche de la balle.

Cristofaro disait que Totò le voleur devait y réfléchir à deux fois avant de pointer l'arme vers la tête de quelqu'un. Avec le pistolet glissé dans la chaussette, il courait moins le risque de tirer par erreur ou par excès de colère. Dans son métier, il faut être froid, il faut réfléchir.

Totò le voleur parlait de ses pistolets à ses copains quand, le soir, devant la taverne, ils confrontaient en cercle les aventures de la journée et racontaient en buvant de la bière.

Les amis de Totò n'avaient pas de pistolet, eux. Ils travaillaient au couteau. Le soir ils se partageaient entre ceux qui préféraient le couteau et ceux qui auraient voulu un pistolet. Avec le couteau, il faut plus de courage, disaient ceux du premier parti, il faut avoir le physique, il faut aller au contact, sentir l'haleine de l'adversaire. Et puis le couteau fait plus peur que le pistolet parce qu'il promet blessures et douleur, taillades et balafres. La victime réfléchit qu'il vaut mieux un projectile, peut-être de biais, qu'une lame dans la chair. Ce n'est pas ça, disait Totò, le pied appuyé sur un pneu de voiture pour montrer sa chaussette gonflée par le pistolet, ce n'est pas ça, répétait Totò en sortant de la chaussette le pistolet noir en métal. Tout d'un coup, il le brandissait des deux mains en tournant sur lui-même et les copains faisaient un bond en arrière. Vous voyez, disait-il en remettant le pistolet dans la gaine de sa chaussette, vous voyez que le pistolet fait plus peur que le couteau, il ne promet ni corps à corps ni discussion, s'il y a le pistolet, il n'y a rien à ajouter. Et quand ses copains demandaient à Totò s'il s'en était déjà servi, Totò offrait une autre tournée de bière, à son compte, et laissait chacun trouver une réponse dans le silence de son verre. Avant de partir, il regardait sa montre, embrassait ses amis sur les deux joues comme Jésus l'avait fait avec les apôtres dans la certitude que l'un d'eux le trahirait, et il s'en allait. Carmela, à ce moment-là, avait endormi Celeste avec l'histoire inventée de son père. Et elle l'attendait.

La fillette venait à peine de fermer les yeux et Carmela essayait de deviner son rêve de l'autre côté de la barrière des cils. En fait l'une et l'autre raisonnaient sur le mystère de l'homme qui avait laissé une fille comme un signe, Celeste passant au crible les inventions de sa mère afin de ne garder en surface que la vérité, Carmela remontant dans le temps au souvenir confus de ses années de famine et de vertige, quand elle se vendait sans préservatif trois fois le prix courant, défiant les maladies d'amour et le hasard des cycles pour ne pas tomber enceinte. Ce qui affleurait à sa mémoire, c'étaient des visages en sueur dans la pénombre des persiennes fermées, des pommettes abandonnées sur son front, des mains qui la retenaient par les bras, des corps vus de dos qui se rinçaient dans le miroitement du lavabo. Durant ces années-là, il y avait des accords internationaux, des alliances militaires, des manœuvres et, dans le port, des bateaux accostaient pour décharger la faim des marins étrangers qui cachaient l'abondance de leur paye dans leur caleçon, selon les conseils de prudence de leur commandant.

À peine avaient-ils touché terre qu'ils demandaient où étaient les filles. C'était une chance que le Quartier soit si près du port. Carmela n'avait pas le temps de rouvrir ses volets, le signal pour de nouveaux clients, parce que les marins faisaient la queue dans l'escalier, se pressaient derrière sa porte et ne la laissaient même pas se refermer entre la sortie de l'un et l'entrée du suivant.

Les plus jeunes, ceux qui ne voulaient pas laisser deviner à leurs copains leur gêne quand c'était la première fois, collaient l'oreille à la porte pour écouter l'amour dans la chambre, et il suffisait d'un grincement du lit, d'un chuchotis, et même de l'écho d'autres bruits étrangers pour leur faire imaginer l'extase de l'accouplement. Interprétant les sons, ils essayaient de se représenter sa position à elle, sa satisfaction à lui, et ils confondaient le bruit du grignotage d'un ver à l'intérieur d'une cloison avec l'extase de la femme, et le glouglou des canalisations espagnoles de l'appartement avec le soupir de satisfaction de l'homme. Cela signifiait que le tour de quelqu'un d'autre était venu, et ils étaient encore plus excités.

Carmela eut pour la première fois de sa vie beaucoup d'argent. C'est alors qu'elle parvint à consacrer les gains d'une journée entière de travail à l'acquisition du cadre pour la Vierge au Manteau et survécut sans travailler à la léthargie de la grossesse. Elle ne savait pas qu'elle devait remercier les nouvelles stratégies de l'OTAN qui promettaient de rapprocher les rives de la Méditerranée. Mais en contemplant les mains de sa fille abandonnées sur la couverture dans le sommeil, encore toutes tachées d'encre après avoir fait ses devoirs sur le balcon, elle se tracassait à cause des insuffisances de la mémoire qui manque d'intuition et oublie d'enregistrer les moments importants de la vie. Le visage du père de Celeste. Elle avait beau chercher parmi ces visages étrangers qui avaient été tellement proches, tellement à l'intérieur d'elle, les profils se confondaient, se mélangeaient, et tant d'hommes devenaient un seul homme, toujours plus familier, parce qu'aux visages des marins s'ajoutaient ceux des clients du Quartier qui s'étaient frayé un passage dans l'escalier et faisaient valoir des prétentions de droits territoriaux, cette fille-là c'est notre chair à nous, disaient-ils en écartant les autres d'un coup d'épaule pour passer devant. Quand un marin ne comprenait pas en raison de la difficulté de la langue, même si les menaces n'avaient pas besoin de traduction, ou parce qu'à ce moment-là il s'imaginait de l'autre côté de la porte fermée, à l'intérieur de la pièce, à l'intérieur de Carmela et que pour rien au monde il n'aurait passé son tour, celui de son urgence, alors ils l'attendaient dehors, au coin des impasses du port.

Les marins qui s'en reviennent de l'amour payant préfèrent la promenade solitaire pour se remettre en mémoire chaque caresse, pour sentir encore le frisson de la peau, et ils réfléchissent silencieusement au mystère de l'excitation, ils répètent chaque geste, ils s'accrochent à l'odeur des draps, avec la salive leur revient à la bouche la douceur des seins, et c'est seulement à la fin qu'ils font le compte, combien de gagné, combien de perdu dans la comptabilité du désir, si le prix payé était correct, et ils cherchent en eux-mêmes la réponse à leur sensation d'épuisement semblable, par son rythme, à celui de la mer contre les môles du port.

Ce sont des réflexions qu'on ne peut pas faire en groupe, alors ils marchent seuls, chacun de son côté, en direction du bateau. À présent ils le voient qui flotte, énorme, avec son grand pavois officiel en terre étrangère, les pavillons de courtoisie endormis à la brise de terre, et ils gardent pour leur couchette le récit le plus poignant, une réserve de pensées bien douces pour plus tard. Mais pour l'un d'entre eux, celui qui n'a pas voulu s'écarter dans l'escalier, cette remémoration se déroulera sur un brancard aux urgences de l'hôpital car un coup de couteau dans le ventre reçu par surprise l'a fait reculer, chanceler, et puis tomber. Il continue à se vider de son sang jusqu'à l'arrivée de l'ambulance. Quelqu'un l'a appelée depuis un balcon, par pitié: dans le Quartier on ne meurt pas par amour, mais seulement par haine.

Le commandant a supprimé pour un jour l'autorisation de débarquer. Il s'est fait accompagner à l'hôpital, il a trouvé son marin effrayé mais bientôt guéri, la cicatrice courbe de la plaie deviendra le C de Carmela tatoué sur son ventre, pour dissimuler et conserver la blessure, parce que ce sera son seul souvenir d'elle.

Le commandant du bateau a présenté une protestation officielle, même si les incompréhensions font normalement partie des manœuvres et que rien ne fera obstacle au processus de détente entre les pays. Dans l'après-midi, il a rassemblé ses hommes sur le pont de commandement et, les regardant droit dans les yeux l'un après l'autre, de marin à marin, de père à fils, il a énoncé avec emphase que l'amour se consomme entre un homme et une femme mais que la vie appartient à l'État, et il leur a donné l'ordre d'attendre tous ensemble devant la porte de Carmela jusqu'au tour final du dernier, et de reprendre tous ensemble le chemin du retour. Que personne ne reste en arrière. Alors dans la nuit du Quartier, depuis les balcons, les gens regardaient ce manipule de marins tirés à quatre épingles qui marchaient comme un seul homme vers le port, chacun plongé dans le silence de son abandon en train de se raconter son quart d'heure dans le lit de Carmela avec un zèle si profond qu'il se dilaterait dans les heures, dans les jours, dans toute la vie. Et, depuis les balcons, les gens les voyaient heureux.

Cristofaro disait que, à l'époque des marins, Totò le voleur avait quinze ans, qu'il appartenait encore au parti du couteau, et que c'est avec le couteau qu'il voulait tracer son chemin. Il avait toute la journée devant lui, et aussi toute la nuit, sans surveillance, des orphelins. On l'engageait pour des petits boulots, monter la garde lors des cambriolages et prévenir par des bruits et coups de sifflet de l'arrivée d'un veilleur de nuit pas encore corrompu, ou alors se balader en scooter dans les rues de commerçants qui ne voulaient pas payer le prix de la protection imposée et leur faire comprendre qu'ils allaient devoir payer, ce à quoi Totò s'employait en bourrant de colle les serrures de leurs magasins afin de les rendre impossibles à ouvrir avec autre chose qu'un chalumeau.

La première fois qu'on lui demanda d'apporter son couteau, c'était la nuit, dans le parking d'un immeuble où la ville se confondait encore avec la campagne. Totò était excité et inquiet, parce que si on lui avait demandé le couteau, c'était pour l'enfoncer dans la chair. Mais il n'avait jamais fait ça, il ne savait pas comment on agit, comment on esquive ni comment on affronte les gestes instinctifs de la victime qui, à la première déchirure, ne se rend pas compte d'avoir été transpercée mais éprouve comme une sensation de froid et s'oppose au danger avec ses dents et ses griffes, de la même façon que les animaux.

Quand il se présenta sur le parking, on lui demanda s'il avait apporté son couteau. Totò le tira de sa poche et le fit voir. Les gars étaient deux, et ils se mirent à rire parce que la main de Totò tremblait. « Qu'est-ce que tu t'es mis dans la tête », lui dirent-ils, « il n'y a personne à égorger. C'est juste pour la menace. Tu la vois, cette voiture, là ? Les pneus, les quatre, et puis tu files. »

C'était l'utilitaire d'un employé de l'hôtel de police en charge des passeports : il n'avait pas encore compris et s'occupait avec un zèle excessif des papiers entachés d'antécédents judiciaires, il entravait le cours naturel des autorisations et délivrances de documents, et faisait de l'obstruction à travers l'intransigeance de la Loi et les temps longs de la bureaucratie. Certaines personnes, par contre, avaient un besoin urgent de casiers judiciaires immaculés et d'autorisations permettant de mettre en route des dossiers de chantiers et de travaux. S'il n'avait pas compris la manière douce, étant donné qu'il avait renvoyé à l'expéditeur une invitation pour une semaine de vacances tous frais payés avec femme et enfants à l'Hôtel de la Mer, il allait à présent comprendre la manière forte.

En fait, il n'y avait même plus besoin d'explications, parce qu'un instant après avoir refusé, il avait déjà compris. Un éclair de logique le traversa : après la caresse viendrait forcément le coup de bâton. Et dans la clarté de cette prise de conscience, il libéra immédiatement tous les documents de tous les obstacles, effaça de sa propre main tous les antécédents judiciaires, porta lui-même les documents à la signature du commissaire principal et, en un temps record, donna l'aval au bureau délivrant les papiers officiels. Mais sa diligence ne le rassurait pas totalement, il était torturé par un sentiment de culpabilité dû à cet excès de zèle et d'attention et vivait dans l'angoisse de devoir parer le coup, de jour et de nuit. Il ne dormait plus dans son lit, mais s'était installé une chaise longue sur le balcon, avec un thermos de café et son pistolet de service, chargé.

Malgré la certitude du traquenard et toutes ses prudentes veillées, il se figea en voyant ce gamin s'avancer en direction de sa voiture d'un pas rapide et sûr dans la nuit. Il l'observa sans savoir quoi faire tandis que le jeune sortait son couteau et le plantait dans le premier pneu, puis dans le deuxième. Il le regarda comme il l'avait imaginé dans le raisonnement de ses cauchemars, avec ce déroulé, cette façon d'agir, avec une exactitude si délirante qu'elle ne laissa place à aucune réaction de sa part. Il se reprit seulement lorsque Totò, dans un excès de zèle qu'on ne lui avait pas demandé, raya de la pointe du couteau tout le tour de la voiture en se dirigeant vers la troisième roue et continua à l'érafler en se dirigeant vers la quatrième. C'est alors que le policier prit son pistolet, visa et tira.

Les autres avaient choisi Totò non pour sa valeur, qui était encore entièrement à démontrer, mais pour sa seule qualité évidente : Totò savait courir. Totò eut conscience du tir au moment où la lame était déjà dans le quatrième pneu. Il la retira dans les temps extrêmement rapides de sa pensée et laissa ses jambes le porter vers le salut.

Totò flottait comme un oiseau nocturne et laissait derrière lui les autobus des ouvriers ensommeillés qui, la tête appuyée contre la vitre, le prirent pour leur propre désir de fuite. Il était plus rapide que sa propre odeur, car les chiens plantés aux carrefours des chemins, toujours si prompts à courir après tous les véhicules, ne s'aperçurent pas de son arrivée. Ils se contentèrent de relever le museau vers le souffle produit par son passage. Le vent lui-même, qui agitait çà et là le dernier bout de campagne exclue de toute rédemption car elle était déjà condamnée, ne parvint pas à l'atteindre et lui laissa la peine de soulever une brise nocturne et légère de pollinisation dans ces terres où les abeilles et tous les insectes volants avaient perdu l'envie de reproduire les gestes du printemps.

Il courait, Totò, tout heureux de l'avoir échappé belle, il prenait à toute vitesse les virages des avenues, l'air sifflait entre les dents de son sourire, ses pieds touchaient à peine le sol. Il sentit l'odeur de la mer, il s'imagina chez lui. Et tandis qu'il ralentissait dans les premières lueurs de l'aube, il se persuada qu'il était plus rapide que les projectiles.

Le flic avait abandonné son poste de surveillance sur la terrasse et, le pistolet toujours à la main, était descendu pour vérifier les dégâts sur les roues, il cherchait aussi le trou de sa balle dans les vitres des voitures garées, sur l'écorce des arbres, les murs des immeubles. Il continua à chercher des traces de sang sur l'asphalte et d'autres signes de blessure. Mais il n'en trouva pas et considéra que sa balle s'était perdue.

La légende de la rapidité de Totò le voleur, ce sont les passants volés qui la racontaient, quand ils s'apercevaient qu'ils s'étaient fait détrousser le long des avenues touchant le Borgo Vecchio alors que Totò n'était désormais qu'un blouson au bout de la rue et qu'il était impossible d'imaginer la moindre poursuite ou réaction. Et les victimes avaient beau demander aux passants « vous l'avez vu ? », ceux-ci répondaient qu'ils avaient senti un déplacement d'air, comme un petit tourbillon, une perturbation anormale dans le temps immobile de ce coin-là, mais pas un visage, ni un profil.

Quand la voiture de la police arrivait pour recueillir les premières déclarations spontanées, les agents comprenaient tout de suite qui était l'auteur du délit : le seul à ne pas être fiché étant donné que les victimes du vol pouvaient seulement décrire sa silhouette vue de dos et la couleur de son blouson. Et tandis que les policiers recueillaient ces maigres indices, un autre appel arrivait pour une intervention rapide quelques rues plus loin, et ils n'avaient pas le temps de se déplacer pour constater le nouveau larcin que leur radio leur annonçait encore une autre urgence dans la ruelle d'après, et puis une autre dans la ruelle d'avant, devant la poste, parce que Totò était revenu en arrière pour défier les forces de l'ordre et tous ceux qui l'avaient reconnu.

Au cours de son premier passage en rafale, il avait du coin de l'œil aperçu des retraités gauches et instables venus à la poste toucher les trois sous de leur retraite. Alors il avait pris le temps de quelques larcins occasionnels le long du chemin, car il avait synchronisé le rythme de sa course avec celui de la queue au guichet. Et il arrivait à point, au moment où les retraités commençaient avec circonspection à poser le pied sur le trottoir, pour arracher à la volée tout l'argent de la retraite qu'ils n'avaient pas eu le temps de mettre en sécurité dans les poches secrètes de leurs manteaux, dans le coffre-fort des porte-monnaie cousus à l'intérieur des pantalons au cours de ces mauvaises nuits où remonte à la surface l'anxiété des vieux qui essaient d'inventer le futur parce qu'ils en sont privés. Et le voient menaçant, de toute façon.

Totò prélevait de-ci de-là, en quelques bonds, il avait déjà pris la fuite quand les retraités se rendaient compte qu'ils avaient les mains vides, et il les laissait avec leurs regards aqueux, se demandant, noyés dans le doute, s'ils n'avaient pas rêvé seulement cette courte félicité de leur rentrée d'argent mensuelle. L'attaque se déroulait sous les yeux des agents en patrouille, eux aussi tétanisés par la rapidité des événements. Ce n'est qu'au moment où Totò tournait au coin de la ruelle qu'ils se lançaient à sa poursuite, un policier à pied, l'autre au volant du véhicule. Mais Totò était trop rapide pour tous les deux. L'homme à pied était gêné dans sa course parce qu'il devait, d'une main, extraire en urgence de l'étui pendant à sa ceinture le pistolet qui résistait à tous ses efforts tandis que, de l'autre, il retenait son couvre-chef sans cesse sur le point de s'envoler, empêtré dans l'idée qu'on allait déduire cette perte de son salaire du mois, ralenti par la quincaillerie réglementaire des menottes qui heurtaient douloureusement son entre-jambe à chaque pas. Pendant ce temps, le collègue au volant essayait de se dégager de l'étreinte de la foule en faisant crisser ses pneus au rythme de la sirène pour se frayer un passage au milieu des curieux, un passage au milieu des voitures en double file et se lancer à sa poursuite dans un vrombissement de moteur. Mais il lui fallait ralentir immédiatement parce que, au coin de la rue, les camions de livraison l'empêchaient de prendre le virage rapidement, à peine avait-il de quoi se faufiler. Et bien qu'ayant vu le blouson de Totò se glisser comme un tourbillon de vent dans une ruelle, il était obligé de freiner à mort sans pouvoir y pénétrer, le passage était trop étroit pour un quelconque véhicule, vu que les lieux dataient d'une époque où l'on ne se déplaçait encore qu'à pied. Ainsi ils avaient beau contourner la ruelle et aller attendre Totò à l'autre bout, ils n'en avaient plus aucune nouvelle, à part le énième appel d'urgence par radio signalant un nouveau larcin de Totò le voleur qui venait de se produire à l'extrémité opposée du Quartier, quelques pâtés de maisons plus loin, tellement loin, tellement simultané que les deux policiers décidèrent de mettre un terme à leur poursuite infructueuse. Ils communiquèrent par radio l'impossibilité où ils se trouvaient de prolonger les recherches et de remettre le pickpocket à la justice car, si l'on s'en tient à la logique judiciaire, nous n'avons pas affaire à un pickpocket solitaire mais à une bande bien organisée comptant de nombreux membres. Ils faisaient état de nouvelles hypothèses de délit et d'enquête, ce n'est pas seulement du vol à la tire, c'est de la rébellion, un foyer de révolte dans la mesure où l'on tourne en dérision les forces de l'ordre. Il est temps de faire intervenir la division politique. Voilà ce qu'ils communiquèrent par radio, parce qu'ils ne pouvaient imaginer à quel point Totò était véloce, lui qui en une seule course récoltait ce que les autres pickpockets arrivaient à chiper en une journée entière.

C'est cette légende que Cristofaro racontait à Mimmo et à Nanà qui exhalait par les naseaux des vapeurs chaudes de grotte de la crèche, et tous trois se sentaient recueillis dans l'attente de la Naissance.

Mimmo confirmait ce qu'il y avait d'épique dans ces comptes rendus, parce qu'une fois, par provocation, alors qu'il promenait Nanà pour une sortie dans les ruelles, il avait vu Totò, un pied posé sur le pneu d'une voiture et, devant tous ses amis de la taverne, lui avait lancé ce défi : qui serait le premier sur la ligne d'arrivée du boulevard du bord de mer ? Totò avait demandé tu veux que je coure contre toi ? Mimmo avait fait non de la tête en montrant Nanà qui n'avait pas encore laissé paraître ses dons de champion sur l'hippodrome clandestin du promontoire. Totò s'était mis à rire, et tous ses copains s'étaient sentis autorisés à se ficher de lui, parce que ça ne te suffit pas de courir contre les flics, ils lui disaient, maintenant voilà qu'il y a aussi les chevaux ! Et au milieu des rires, Totò caressa la tête de Mimmo. « Quand deux autres jambes m'auront poussé, on se retrouve sur le bord de mer », lui dit-il. En recevant cette caresse, Mimmo éprouva encore plus fortement le désir d'être son fils, et il dilata ce rêve jusqu'à y inclure aussi Cristofaro, parce que c'était lui, son ami, qui avait ce besoin urgent.

Mimmo ne raconta pas à Cristofaro qu'il voulait jouer le tout pour le tout. Il ne lui raconta pas qu'il avait pris son courage à deux mains, avait attrapé le bras de Totò le voleur pour lui dire encore un mot seul à seul. Et quand Totò, intrigué, fut à ses côtés, Mimmo lui lança son pari : si Totò gagnait, le cheval serait à lui, mais si Nanà arrivait le premier, il devrait mettre une balle valant trois cents tickets dans la tête du père de Cristofaro. Mimmo ne raconta pas le regard désemparé de Totò le voleur, la question qui n'arriva pas jusqu'à ses lèvres, ce regard de condamné qui se lisait dans ses yeux depuis sa naissance et se reflétait dans les yeux humides de Nanà. « Et que veux-tu que j'en fasse, d'un cheval ? », répondit-il, et il revint vers le groupe de ses copains de la taverne.

Cristofaro n'eut jamais connaissance de l'audace de Mimmo qui voulait le libérer d'une mort certaine par la main de son propre père. Il continuait à raconter dans l'écurie la première fois où Totò avait été appelé à planter son couteau dans la peau de quelqu'un. C'était celle du marin qui s'attardait dans les ruelles du Quartier, plongé dans le souvenir de Carmela et de son lit protégé par la Vierge au Manteau. Nous, on peut pas faire ça, lui dirent ceux qui l'envoyaient, parce qu'on était dans l'escalier de Carmela pour exiger ce qui nous revenait et on nous a manqué de respect, on peut pas faire ça parce que tout le monde nous a vus et il faut que, en attendant la vengeance, on s'organise un alibi au bar du coin où voleurs et policiers se retrouvent pour se regarder en face. Regarde, c'est lui, dirent-ils à Totò en lui indiquant un garçon vêtu de blanc qui, ne connaissant pas le chemin, faisait de grands détours vers le port en direction du point cardinal de sa boussole interne de marin. Alors Totò leur laissa le temps de se réfugier dans le bar du coin de la rue, et il courut.

Il contourna tout le pâté de maisons, laissant derrière lui les rues éclairées de réverbères, il traversa des cours d'immeuble surveillées par des chiens de garde qui n'aboyèrent pas, reconnaissant l'odeur de vent de son sillage, il pénétra dans le silence des ruelles les plus secrètes qui débouchaient soudain sur la rue du port, et il le vit là où il savait qu'il allait le rencontrer, parce que Totò courait aussi avec sa tête, alors il sortit son couteau, le plongea et le retira et puis continua à courir sans se retourner. Le marin ne ressentit pas de douleur, il perçut le courant d'air de Totò comme une brise de mer à cause de son odeur de sel, il s'arrêta instinctivement et vit le sang qui s'étalait sur son pantalon. Il s'agenouilla pour prier et s'évanouit de peur.

Totò continua à courir, et il courait sans penser s'arrêter, il fuyait la terreur qu'il avait de lui-même qui avait poignardé, il fuyait cette sensation de pneu crevé qu'il avait éprouvée, il était tourmenté à l'idée, inexplicable, de la similitude entre la consistance de la chair et l'épaisseur artificielle du caoutchouc. Toujours courant, il pleurait de dégoût et d'horreur, il pleurait sur le marin affaissé, il pleurait sur lui-même. Pour la première fois, il se sentit orphelin parce que personne n'arrêterait sa course, alors il courut encore, jusqu'au moment où ses jambes, refusant de le porter plus loin, le débarquèrent devant la porte de Carmela. Totò sonna, même si les persiennes étaient fermées, et elle ouvrit, même si elle n'avait jamais fait ça, en pleine nuit, avec de surcroît les volets fermés en guise de signal. Quand elle se retrouva face à Totò tout pâle de course et de terreur, elle le fit entrer. Elle lui lava la main pleine de sang et cacha le couteau au milieu des ressorts du lit de Celeste. Elle le déshabilla elle-même comme une amante, comme une mère. Elle le fit entrer dans son lit et l'endormit sous le regard de la Vierge au Manteau.

Totò revint chez elle toutes les nuits, jusqu'à son cinquième mois de grossesse. Ensuite les persiennes se fermèrent pour lui aussi, parce que la Vierge au Manteau n'avait pas accordé de dérogation. Mais ils fixèrent une heure et un coup de sifflet comme code. Et Totò chaque matin, avant ses courses de larcin, trouvait la porte de la maison ouverte et montait l'escalier de Carmela avec un panier de commissions qu'il laissait devant sa porte pour qu'elle puisse survivre à l'enfermement de sa léthargie.

C'est ainsi que Cristofaro racontait dans les grandes lignes la légende de Totò que tous les gamins du Quartier auraient voulu pour père, et la raison pour laquelle, cette nuit-là, il avait juré de ne plus jamais toucher un couteau. Voilà pourquoi Totò le voleur travaille seulement avec un pistolet, disait Cristofaro tandis qu'il sentait qu'il était temps à présent de rentrer chez lui pour la raclée du soir.

Et ce soir-là, Carmela attendait Totò comme une épouse. Elle avait remplacé les draps de son travail par ceux de l'amour et portait un peignoir bleu, parce que Totò aimait le lui retirer. Quand il frappa à la porte de Carmela, elle le serra très fort dans ses bras et ils restèrent à s'aimer sous le plafond coloré de bleu estival et sous le regard de la Vierge au Manteau en écoutant la respiration de Celeste qui, dans son sommeil, rêvait le conte de son père. Et dans ce ciel de ripolin, ils imaginèrent des nuages blancs d'accalmie fuyant le mistral qui se pourchassaient en rebondissant par jeu sur les murs de la chambre, et puis des hérons venus d'Afrique par vols anguleux qui avançaient contre le vent en direction de la cuisine où ils trouveraient de reposantes flaques afin de reprendre leur souffle et libérer ainsi les routes aériennes pour les avions intercontinentaux en voyage vers d'autres lieux qui scintillaient parfois au plafond dans les reflets des phares des voitures, sur leurs ailes ils pénétrèrent le premier nuage noir de grêle qui, finalement, en un coup de tonnerre, matérialisa le hurlement de Cristofaro sous les coups de son père, comme un aboiement, un râle de chien perdu et sans consolation parce que sa mère l'avait abandonné, elle aussi, qui se signait tout en écoutant les pleurs de son fils, et puis plus rien.

Totò et Carmela flottèrent un moment sur le lit en s'interrogeant sur le mystère de ce silence. Et finalement Totò s'endormit dans la certitude que s'il sauvait Cristofaro, il changerait le monde entier.

Les boucles d'oreille

Le traître ne comprit à quel point il haïssait Totò qu'au moment où il se retrouva avec le pistolet pointé entre les deux yeux. Il était habitué à ce petit jeu du soir devant la taverne, quand Totò extrayait l'arme de la gaine de sa chaussette pour faire montre de sa détermination et vérifier la peur des copains. Ce soir-là, il aurait voulu l'avoir, lui, le pistolet. Il aurait dit au revoir à Totò avec deux baisers sur les joues, ils se seraient séparés, Totò serait parti le long de l'avenue vers chez Carmela, et lui, rapide, par la ruelle parallèle à l'arrière de la taverne qui s'ouvre sur des raccourcis, rythmant son pas sur celui de Totò pour ne pas le perdre de vue, pour le dépasser tout en restant dans l'orbite de ses talons sur le trottoir. Imaginant cela, il s'aperçut qu'il portait des chaussures confortables et silencieuses que Totò ne pourrait pas entendre. Il aurait tourné brusquement dans un raccourci juste avant la place, à proximité de chez Carmela, quand Totò aurait désormais perdu toute forme de prudence. Il l'aurait attendu, le bras armé contre la hanche jusqu'au dernier moment et l'aurait relevé en regardant Totò dans les yeux afin qu'il sente enfin la décharge électrique de sa haine, violente et inéluctable comme un projectile tiré à vingt centimètres de la nuque. Dans cette rêverie-là aussi, au milieu des images de la tête de Totò explosée sur le trottoir, le sang qui s'étalait en suivant la pente, la terreur provoquée par sa propre férocité, surgirait soudain le hurlement de Cristofaro sous les coups de son père.

Il haïssait Totò parce qu'il aimait Carmela. Il avait été bouleversé par sa peau blanche qui parvenait à éclairer l'obscurité de sa chambre. Il l'avait caressée et cette lumière était restée dans ses mains. Il souffrait au souvenir de la courbe de ses épaules une fois où, pour aller plus vite, elle s'était présentée toute prête en position de prière, et la nostalgie de son dos ne lui laissait pas de paix. Il en avait suivi la douceur jusqu'aux collines des omoplates, le délicat rameau de cheveux qui fleurissait sur sa nuque. Jamais il n'oublierait l'émotion éprouvée à la vue de la tresse rapidement retenue par un élastique pour dégager tout obstacle quand elle devait travailler avec la bouche, le prix comprenant aussi la vue entière et totale des mâchoires entrouvertes dans l'étreinte des lèvres. Les lèvres de Carmela qui ne répondraient jamais à ses lèvres parce qu'elles appartenaient à Totò. Tout le reste, ce n'était que du travail.

Carmela avait deviné que la langueur de cet homme n'était pas seulement due à la faim naturelle suscitée par sa peau, car il s'attardait sur les replis les moins couramment recherchés par la majorité de ses clients, prenait son temps pour contempler des fragments cachés de son corps, inconnus d'elle-même parfois, découvrait le bijou d'un grain de beauté, le défaut si doux d'une vergeture, la veine dorée d'une cicatrice ancienne, puis s'attardait encore en la remplissant de caresses délicates parce qu'il l'imaginait petite fille en train de pleurer à cause d'une blessure et aurait voulu être assez adulte pour parvenir à la consoler de baisers enfantins. Alors il essayait de le faire là, dans cette situation, tandis que Carmela, les genoux et les coudes déjà presque douloureux, attendait patiemment qu'il se décide, jusqu'au moment où, certaine de la présence sur le trottoir de nouveaux clients en train de guetter le signal des persiennes, elle le guidait elle-même de sa main pour aller plus vite. Et quand finalement il quittait la pièce, Carmela poussait un soupir de soulagement parce que rien ne la gênait autant que le ravissement de l'amour.

Elle avait décidé de diriger cette passion en la tenant en respect sans renoncer à la somme convenue que lui, pour éviter tout malentendu, posait tout de suite sur la table de nuit. Il ajoutait encore de l'argent qu'elle acceptait sans discuter parce qu'ils se sentaient tous les deux coupables vu qu'il était l'ami de Totò depuis l'enfance.

C'était lui le préféré, le complice des débuts dans le métier, lui qui surveillait les halls d'immeuble des premiers guets-apens, lui qui conduisait la moto à l'époque des premiers vols à l'arraché simples et brutaux, quand Totò, à l'arrière, tendait le bras en pleine vitesse pour tirer fort sur le sac, et emporter le monde entier en même temps que la foulure des membres ou la fracture des fémurs de ceux qui résistaient à la première secousse mais cédaient à la seconde sans pouvoir amortir de leurs mains, toujours agrippées à la bandoulière arrachée, la chute sur le sol. C'était lui l'ami qu'on avait dû éloigner de la chambrée, dans la maison de correction, pour faire cesser la camarilla des abus de pouvoir et foutages de gueule sur les autres mineurs perdus. Lui qui avait épongé l'hémorragie sur le nez de Totò pendant l'heure de promenade quand les autres lui avaient réglé son compte, maintenant qu'il était sans défense, en le tenant à trois pendant que le quatrième tapait.

Mais à partir de ce soir-là à la taverne, leurs destins s'étaient séparés. Totò, le pied sur le pneu d'une voiture, avait offert une nouvelle tournée de bière pour qu'on trinque à une bonne nouvelle, et les copains avaient demandé « on fête quoi, Totò ? ». Mais lui, il avait déjà compris, et la douleur embrasait son visage, il sentait sur le bout de ses doigts la peau blanche de Carmela comme une brûlure qui ne l'éclairerait plus jamais, et avec la douleur montait aussi la haine parce que Totò allait continuer à embrasser les lèvres de Carmela qui était une femme fidèle, alors même que son lit était public et que tous les hommes y avaient consommé un avant-goût de Paradis en soupirant sous son toit bleu et en finissant par se signer devant la Vierge au Manteau. Il souriait, une nuance de férocité dans les yeux, au moment où Totò annonça qu'il allait épouser Carmela, devenir le père de Celeste, et puis maintenant ça suffit, il faut qu'on change de vie, à commencer par celle de Cristofaro, il allait parler, lui, à son ivrogne de père, parce qu'il n'aurait pas dû toucher son fils, ne serait-ce que du petit doigt, et qu'aucun enfant n'aura plus à supporter le désespoir des pères, et il allait changer le monde, parce que se marier avec une prostituée, c'était déjà commencer à le secouer.

Il parlait, Totò, comme il ne l'avait jamais fait, il trahissait son silence d'orphelin prudent, d'animal aux aguets, il transformait l'avenir en certitude dans la matière de ses paroles tandis que ses copains l'écoutaient en se regardant les uns les autres, intrigués par ce Totò inattendu qui ne leur inspirait pas confiance, ils regrettaient déjà sa crânerie avare de paroles, sa discrétion dans le récit des journées où il habillait de normalité le miracle de sa course rapace. Et il déclara qu'il épouserait Carmela juste après la fête de la Sainte Patronne très décolletée du Quartier, dont la date s'annonçait dans les rafales de sirocco fleurant bon l'air marin. La fête et la procession seraient l'occasion de se présenter à tout le monde et de demander le respect pour la future mariée, pour Celeste et pour lui-même. Et tandis que les copains se pressaient autour de Totò pour trinquer avec lui et lui balancer des blagues pleines d'encouragements et de doubles sens, l'ami jaloux resta en arrière, évitant de boire à sa santé avec l'excuse qu'il y avait trop de monde. Totò s'en aperçut, prit conscience de sa rancœur et devina son malaise. Mais il pécha par orgueil en croyant qu'il était lui-même la cause de cette jalousie et en pensant que l'ami était inquiet à l'idée de devoir renoncer à leur complicité fraternelle. L'autre le lui laissa croire, et quand Totò, au moment de partir, s'approcha de lui pour l'embrasser, comme tous les soirs, il n'accepta qu'un baiser et s'écarta.

Il traversa la nuit dans la certitude qu'il allait tuer Carmela et rêva les yeux ouverts qu'il lui tranchait la gorge tout en lui expliquant la plénitude de son amour, il chercherait son cœur en lui racontant que personne, jamais, pas même sa mère, pas même Totò ne l'aimerait comme lui l'avait aimée parce que son corps était parfum et que lui seul savait en distinguer les arômes, lui seul savait lire sur sa peau la poésie émouvante de son indéchiffrable beauté que les autres arrivaient juste à deviner approximativement, lui seul savait la reconnaître dans chacun des plis de ses coudes, lui seul avait rempli ses yeux, ses mains, son nez, sa bouche de l'eau bénite de ses sources les plus profondes, lui seul avait la clef pour accéder à ce mystère.

Il affronta son délire de rage et de larmes en affûtant son couteau selon la pente de ce désespoir, il le passait sur la meule comme pour se faire plus mal en imaginant le sein lumineux de Carmela et la lame qui le déchirait, en imaginant la pleine lune des fesses défigurée par la balafre comme le sillage d'une étoile filante, en imaginant la tiédeur de la gorge parfumée de lait où le sang gargouillait.

À l'aube, la certitude de la tuer s'apaisa dans un raisonnement sur la vengeance. Il n'allait pas tuer Carmela parce que personne ne percevrait dans ce message extrême les nuances infinies de sa passion. Et Totò ne comprendrait pas. Il décida qu'il ne lui laisserait qu'une marque, mais tellement profonde que Totò pleurerait pour ce qu'il lui avait volé, la profonde balafre sur le dos de Carmela qu'aucune suture de la chair ne pourrait jamais dissimuler. Totò saurait jusqu'à quel point il avait joui d'elle dans la position de sa prière quand, plein de remords, il caresserait sa cicatrice et remonterait jusqu'à sa main qui avait porté la lame. Il se présenta au moment où les employés de la Poste faisaient déjà la queue à la porte de Carmela avec l'excuse de la pause-café matinale. Quand les persiennes s'ouvrirent pour lui et qu'il monta dans la chambre, Celeste était déjà à l'école. Carmela le retrouva face à elle, les yeux rougis du manque de sommeil et des tortures du désespoir. Expéditif et concret comme il ne l'avait jamais été, il exigea qu'elle soit prête tout de suite, et tandis que Carmela lui tournait le dos en s'agenouillant contre le lit sous le regard de la Vierge au Manteau, il porta la main sur le couteau caché dans sa chaussette, qu'il avait affûté toute la nuit ; il le sortit, et était prêt à frapper quand la lumière émanant du dos de Carmela se refléta un instant sur la lame et se répercuta au plafond, sur les murs, pour finir par se perdre dans la pièce bleue en échos de reflets, alors il recommença à regarder ce dos immaculé, le rythme des vertèbres comme un appel, il découvrit les empreintes rouges des doigts du dernier client imprimées sur la tendresse des flancs parce que le type s'était agrippé à elle de toutes ses forces pour ne pas sombrer dans le mystère de cette douceur, et à son tour il se sentit semblable au énième naufragé agrippé à la chaloupe du lit de Carmela, alors il cacha le couteau dans sa chaussette et se mit à pleurer de pitié, d'émotion, vidé du moindre courage, du moindre projet de vengeance, et même de sa haine à l'égard de Totò.

Carmela n'avait pas saisi la scène qui se jouait dans son dos et avait pensé à la perte de temps habituelle causée par sa langueur, mais lorsqu'elle se retourna et le vit en larmes assis sur le lit, exténué par son combat intérieur, elle se dit que la condition des hommes était bien désespérée quand ils viennent pleurer au lieu de se consoler et ne comprit que ce qu'elle voulait comprendre parce qu'elle aussi, à son tour, le crut jaloux de la complicité perdue avec son ami, le mariage approchant. Et elle le rassura, avec la promesse qu'elle laisserait à Totò la place pour ses copains et le loisir de les voir, que jamais elle ne ferait obstacle à des projets de travail en commun et, comme s'il était de la maison, en peignoir, elle lui fit part du secret intime du cadeau de fiançailles que Totò lui avait révélé la veille au soir en ouvrant la splendeur de l'écrin sur la merveille des boucles d'oreille d'or et de perles, puis, coquette, lui montra combien elles éclairaient son visage, et enfin, la tresse serrée par un élastique, combien elles mettaient en valeur son cou et sa silhouette.

À l'instant où l'ami vit les boucles d'oreille, il sut que Totò ne s'en sortirait pas. Il voulut les voir de plus près, les soupeser pendant que Carmela lui demandait si elles étaient authentiques, et qu'il répondait que oui, elles l'étaient, en prenant tout son temps parce qu'il avait enfin trouvé quoi donner en pâture à son désespoir.

Il avait vu ces boucles d'oreille sur les photos qui s'étaient échangées au bar de frontière où flics et voleurs se regardent en face, elles étaient passées de main en main parce que les flics voulaient savoir si quelqu'un savait quelque chose, si par hasard les boucles d'oreille étaient réapparues dans une arrière-boutique de receleur, et tout le monde avait levé le menton en signe de dénégation, non, ils ne savaient rien, laissant entendre que même s'ils avaient su, ils n'auraient rien dit de toute façon. Mais les autres insistaient, regardez-les bien, parce que ce sont les boucles d'oreille de la femme du questeur, des bijoux de famille, une famille noble, de l'autre ville, elles ont été arborées à l'époque où on jouait encore au roi, à la reine et aux demoiselles d'honneur, la grand-mère était une confidente de la reine Margherita qui les avait admirées et avait même demandé de les porter au bal en l'honneur du roi d'Écosse, si bien que les services secrets piémontais avaient subodoré des manœuvres de Restauration de la part des Autrichiens, parce que ces boucles d'oreille n'apparaissaient pas dans la liste des biens monarchiques, il avait même été question d'un amant et l'on avait craint pour la couronne. Dévaliser l'héritière d'une famille aristocratique sous la menace d'un pistolet dans une ruelle du Quartier, ça ne se fait pas, sinon on va devenir méchants nous aussi, on va faire nous aussi des choses qui ne se font pas, les policiers essayaient la manière douce avec l'appât d'une récompense, et ensuite la manière forte du genre on ne vous laissera pas souffler une minute, et les autres étaient partis en échangeant des sourires en guise de riposte face à l'irritation des flics.

Il laissa Carmela remettre ses boucles d'oreille dans l'écrin et rouvrir les persiennes pour le client suivant, il lui dit au revoir avec un sourire rassurant et bienveillant pour les noces proches et s'en alla vers le bar. Il n'eut pas besoin de parler.

Il regarda dans les yeux le flic de service assis à une table, l'autre comprit et répondit en baissant les paupières.

La balle

Comme chaque année, le curé avait envoyé sur la place les messagers de la Sainte Patronne une semaine avant les Festivités en son honneur. Il s'agissait en réalité des auteurs des vols sacrilèges convoqués en cette occasion pour embellir l'église du Quartier parce que le Vatican l'avait oubliée, la laissant sans aumônes ni subsides, et que la grâce de Dieu avait décidé de se manifester à travers d'autres voies, nocturnes et clandestines. Ces messagers se présentaient sans trop de cérémonie pour convaincre les vendeurs ambulants de dégager en vue des préparatifs de la fête patronale. C'était un marché qui chaque dimanche, dès l'aube, se pressait par instinct de pauvreté devant le portail de l'église.

Il n'y avait ni ordre ni emplacement désigné, les vendeurs exposaient des objets d'usage quotidien que, durant la nuit, à force de crèmes, cirages et huile de coude, ils avaient fait revenir à l'éclat propre aux marchandises du commerce, et il ne leur restait plus de forces pour marchander. Ils laissaient tout un chacun fixer le prix le plus approprié.

Les acquéreurs venaient d'autres quartiers par rafales d'autobus, cherchant une chose, une seule chose, parce que l'engrenage de leur vie s'était enrayé sur cette privation-là. Un dimanche, c'étaient des chaussures de sport à losanges bleus avec des petites lumières qui s'allument à chaque pas, un autre dimanche c'était le cartable avec le dessin de Tom le chat qui parle, et puis encore le slip aux couleurs de l'équipe de foot, les guêtres rose bonbon, les pièces en forme d'empreinte de main à coudre aux fesses, sur le pantalon, pour cacher des accrocs inexistants. Et l'urgence de ce besoin leur faisait oublier la privation de tout le reste, eux qui n'arrivaient pas à payer leur loyer et, insolvables, se retrouvaient sans électricité. Alors quand ils remontaient dans l'autobus avec le trésor de leur achat dans un sachet en plastique, ils avaient l'impression que la roue de la vie avait recommencé à tourner. Mais dès le deuxième arrêt, leur satisfaction s'était gâtée en un bruit pénible dans la tête, au troisième elle avait cédé la place à la peur. Ils venaient de s'apercevoir qu'ils avaient dépensé leur dernière petite monnaie, il ne leur restait plus rien, pas de quoi payer le billet de retour.

Sur la place arrivaient des vendeurs occasionnels devenus acquéreurs provisoires qui, ayant réussi le dimanche précédent à vendre une paire de grosses chaussures, protégeaient les pièces de leur trésor en gardant la main enfoncée dans la poche. Mais le trésor était si inconsistant qu'ils sentaient bien qu'il ne servirait pas au moindre nouvel achat. Alors ils cherchaient, sans savoir quoi, au milieu des petits manteaux d'enfant exposés par taille selon la croissance. Les vendeurs avaient installé sur le trottoir de petits cadres contenant des photos d'enfants de l'âge correspondant à la taille, depuis le premier bain jusqu'à toutes les cérémonies religieuses qui scandent l'enfance, pour que l'on comprenne bien que leurs enfants aussi étaient en vente. Et ce n'était pas par manque d'amour, mais ils n'arrivaient vraiment pas à les nourrir, à satisfaire les exigences premières de l'habillement, ils n'arrivaient pas à les envoyer à l'école par manque de chaussures et de manuels scolaires. Ils n'en pouvaient plus de tenter d'endiguer la cruauté des assistantes sociales qui se présentaient avec des menaces de placement des enfants en famille d'accueil, des raisonnements sur les injonctions de la justice qui exigeaient, pour la dernière fois, le respect de l'obligation scolaire. Ils décidaient de les vendre pour pas grand-chose pourvu que quelqu'un les sauve de cette condamnation originelle. Ils évitaient d'exposer les enfants en chair et en os, non parce qu'ils voulaient esquiver l'effarement des passants, non parce qu'ils craignaient les gendarmes que l'on n'avait jamais vus sur cette place, mais parce que les enfants, avec leur vivacité naturelle, n'auraient jamais pu rester exposés sans bouger. Ils auraient suivi les troupes des gamins du Quartier qui s'exerçaient dans l'art de s'enfuir en courant.

Les acquéreurs provisoires vérifiaient objet après objet la marchandise exposée en essayant de comprendre ce qu'ils cherchaient réellement, jusqu'au moment où ils se retrouvaient devant leurs vieilles grosses chaussures, une nouvelle fois péniblement ramenées à l'éclat du neuf, et s'apercevaient qu'il suffisait d'ajouter une petite pièce pour les acheter. Alors ils les achetaient, et ils les tenaient à la main comme des objets jamais vus, se persuadant qu'il ne s'agissait pas là de leurs propres chaussures mais d'autres, neuves, meilleures, parce que la peau était souple, le cirage brillant, la semelle de caoutchouc apparemment plus épaisse. Cependant, à les observer de plus près, ils découvraient au talon une éraflure due à un obstacle, une chute, et ils se rappelaient quand et comment, c'étaient donc bien leurs chaussures, et c'était aussi la certitude définitive qu'ils allaient continuer à ruminer sans fin la même misère.

Mais parmi tous ces vendeurs de fortune, le plus synthétique était celui qui vendait la solitude d'une chaussure. L'autre avait été volée par pure méchanceté, parce que c'était la paire la plus belle, brillante, en cuir noir, la paire de chaussures de son mariage, celle qui l'avait accompagné à chaque pas dans toutes les occasions de fête et aussi aux repas de Noël, même si c'étaient des chaussures d'été. Et cette chaussure droite survivante se présentait chaque dimanche, plus brillante et neuve que toute autre marchandise exposée. Pas seulement en raison de la colère provoquée par le vol et de la nostalgie de la chaussure gauche manquante, mais aussi parce qu'une chaussure seule était plus facile à soigner. Lui, par contre, s'était fait vieux à attendre de vendre cet unique soulier, et il se présentait sur la place de plus en plus frêle et évanescent. Il gardait encore l'espoir que, l'un de ces dimanches, la même canaille de voleur allait se pointer, rassuré à l'idée d'être oublié en raison de l'ancienneté du vol que la mémoire judiciaire avait fini par prescrire. Parce que, en effet, au commissariat, on avait dit au propriétaire qu'il pouvait porter plainte, mais qu'il était inutile d'attendre quoi que ce soit vu qu'on ne pourrait pas enquêter, même chez les receleurs qui prenaient tout. On lui avait aussi demandé s'il avait des ennemis, ou des contentieux en cours avec des voisins, des parents, des ex-amis, car en raison de sa nature, le délit avait été classé dans la catégorie des menaces visant à infliger un affront. Mais il avait beau remonter dans ses souvenirs à la recherche d'un motif et d'un auteur possibles, il ne retrouvait que l'audace de cet unique péché : ces chaussures, à son pied, elles lui plaisaient.

Il était sûr que l'autre, le voleur, allait un jour réclamer la chaussure droite. Et chaque dimanche il se le représentait, il parvenait même à l'entrevoir avec les yeux de l'imagination dans la cohue du marché, en train de se frayer un passage, l'air faussement distrait, au milieu des marchandises exposées, de s'approcher avec indifférence, prendre la chaussure dans la main et finalement la reconnaître en un éclair. Mais c'est seulement au moment où l'autre, le voleur, lui aurait demandé le prix qu'il aurait décrété sa condamnation parce que, dans la boîte de la chaussure esseulée, le couteau était prêt depuis longtemps.

Une fois seulement, il avait été sur le point de la céder, renonçant à sa vengeance. Des enfants étaient accourus pour l'avertir que, de l'autre côté de la place, arrivait tout doucement, porté par une seule jambe et soutenu par une béquille, un boiteux de la campagne qui s'était aventuré depuis son village dans l'autobus incommode et la difficulté de la marche : la nouvelle était parvenue jusque dans ses montagnes de cette unique, magnifique chaussure en vente. Il en avait besoin, parce que son prix était modique, parce que la semelle de son unique pied s'usait rapidement, vu qu'elle travaillait pour deux. Il le vit qui s'approchait dans une longue danse bancale, le souffle court lorsqu'il prit la chaussure dans sa main. La pointure correspondait, c'était celle qu'il cherchait, et tandis que le vieux vendeur lui faisait remarquer les finitions des coutures faites main, la résistance des lacets, la souplesse du cuir, ils se dévisagèrent soudain tous les deux parce qu'ils avaient entendu l'éclat de rire sans pitié de Dieu : la chaussure était parfaite, mais pour le pied manquant.

Les messagers de la Sainte Patronne distribuaient des bourrades en les faisant passer pour des bénédictions, avec la brutalité de Dieu quand il est dans l'urgence, parce que le curé les avait munis du plastron pastoral orné du soleil naissant de la Rédemption, et qu'ils ne connaissaient d'autre méthode de persuasion que les abus de pouvoir habituels dont ils avaient été victimes, eux aussi, avant leur promotion paroissiale. Alors les vendeurs de fortune s'esquivaient : le dimanche avait mal commencé et s'annonçait pire encore.

Les envoyés du curé disposaient tout autour de la place les barrières de sécurité utilisées pour les grandes processions, et ce avec une semaine d'avance parce que les activités ecclésiastiques ont toujours des temps dilatés de préparations intenses et de saintetés invisibles. Il en fallait, du temps, pour suspendre les illuminations d'un côté à l'autre de la place, il en fallait, du temps, pour en perdre un peu en équilibre, avec le vertige, sur le dernier barreau de l'échelle à épier depuis le balcon ouvert le corps sauvage de Carmela qui attendait ses clients et que les deux messagers admiraient avec l'excuse de l'enchevêtrement inextricable des fils électriques qui allaient devoir allumer les lumières de la fête dans le ciel du Quartier. Leur extase et leur tentation étaient telles qu'ils se signaient d'un repentir anticipé parce qu'ils étaient employés par la Sainte Patronne, mais ils continuaient à s'asticoter mutuellement avec des phrases à double sens portant sur l'électricité, parce que dans la boîte de raccordement, j'enfonce le pôle positif, toi mets-y le négatif, pousse-le dedans, bien au fond, le jus va passer, c'est bon, ça clignote, et se sentant rougir dans les courts-circuits de leurs entrailles, ils devinrent plus entreprenants, imaginèrent des contorsions en haut de l'échelle, jambes enlacées, pubis frottés contre les barreaux. Il faut dire que Carmela y mettait du sien, elle était en train d'essayer devant le miroir de candides robes de mariage que Totò avait volées dans des magasins de mode chics.

Il était allé droit au but. Les mesures de Carmela lui appartenaient, il connaissait son allure et chacune des rondeurs qui auraient pu provoquer un défaut, une grimace du tissu, un pli, non à cause du corps de Carmela, qui avait la perfection des animaux, mais à cause de l'inadéquation des tissus et des coupes au mystère de sa beauté. Alors Totò, dans l'urgence de ses larcins, pistolet à la main, avait pris tout son temps pour écarter et choisir suivant l'idée exacte qu'il se faisait du résultat final.

Carmela se déshabillait à la vue de tous, balcon ouvert, certaine que personne n'allait la déranger vu que le mariage, proche à présent, était du domaine public, et elle n'avait pas honte de se montrer en petite culotte et soutien-gorge en un défilé de mode sauvage, pieds nus en attendant que Totò vole aussi les chaussures. Mais celles-ci, elle voulait les choisir elle-même et elle s'était fait accompagner par Totò pour se regarder dans les vitrines, et ils se voyaient heureux bras dessus bras dessous dans le reflet de la ville heureuse où les passants filaient comme s'ils avaient un but urgent et des choses à faire, avec les magasins entourés de parterres de fleurs, la gentillesse des vendeuses, les appréciations louangeuses sur ses chevilles de pouliche, et elle essayait et réessayait les chaussures, gavée de bonbons qu'on lui présentait sur un plateau. Et puis ils s'en allaient en promettant de réfléchir parce qu'il faut d'abord choisir la robe, et ils sortaient accompagnés de tous les vœux pour les noces prochaines.

Sous le coup de l'émotion provoquée par le corps impudent de Carmela, les envoyés de la Sainte Patronne avaient perdu toutes les coordonnées des Festivités et le plan général des illuminations, ils éprouvèrent l'effroi du chaos, ne sachant plus quels pôles fonctionnaient ensemble et où allait les amener la toile d'araignée de petites lumières qui s'étalait sur le ciel du royaume de la Patronne. C'est elle-même qui se chargea de les rappeler à l'ordre, car ils sentirent soudain le courant d'air de Totò le voleur qui traversait la place en direction de la cure. Ils détournèrent les yeux du balcon de Carmela, redoutant plus le châtiment de Totò avec son pistolet caché dans sa chaussette que l'ire posthume de la Patronne offensée.

Ils se remirent à tresser les câbles électriques des illuminations destinées à la fête terrestre de la Sainte selon la logique retrouvée des Festivités, certains d'avoir perdu pour toujours le Paradis céleste de Carmela.

Totò le voleur cherchait le curé pour les dernières complications de la bureaucratie matrimoniale. Il avait choisi le jour du Triomphe de la Sainte Patronne pour profiter d'une double bénédiction, divine, et humaine aussi, parce que tout le Quartier allait voir Totò qui épousait une prostituée en ce jour de liesse. Et le bouclier de la Sainte les protégerait des murmures de la malveillance.

À la cure, on lui dit que le prêtre était allé bénir Nanà, le cheval de Mimmo, parce que c'était lui, en tant que représentant du monde animal, qui allait porter la bannière de la Sainte Patronne pour ouvrir la procession. Ce fut donc dans l'écurie que Totò retrouva le curé avec l'étole de rigueur pour le baptême, la cuvette de l'eau bénite et l'aspersoir, il était en train d'oindre le cheval afin qu'il partage le destin des chrétiens et Mimmo le caressait tendrement sur le museau pour le consoler de sa peur. Le parrain était Cristofaro et la marraine Celeste, car il suffit des enfants pour baptiser les animaux.

Le curé expliqua à Totò les exigences du rite du mariage et comment il allait régler le double rendez-vous sacré. Il célébrerait le mariage à la fin de la procession seulement, et il voulait que les futurs époux restent à ses côtés pour que tout le monde voie qu'il n'y a de salut que dans l'Église. Mais quand il demanda les noms des témoins et parrains, et que Totò les lui donna, il comprit que de salut il n'y aurait point.

Par le biais du confessionnal, il avait rassemblé des fragments de vérité, de haine, d'amour et de jalousie, des noms entiers, des surnoms, les protagonistes étaient tous là, et tout allait se croiser le jour de la Sainte Patronne et du mariage. Citant les Évangiles qui conseillaient méfiance et prudence, le curé laissa entendre à Totò qu'il pouvait peut-être choisir des témoins en dehors du cercle habituel des voleurs de toujours, il pouvait peut-être lui-même lui en suggérer, des gens du Quartier bénis de Dieu, des travailleurs. Mais Totò répondit qu'il avait déjà prévenu les intéressés et que le choix avait été difficile, il avait dû affronter les humeurs de ceux qui se sentaient écartés, il avait dû calmer les déceptions des amis en leur faisant des promesses de collaboration pour l'avenir, il avait même hypothéqué, en guise de consolation, les parrains des futurs baptêmes. Le curé écarta les bras, résigné, et ne sut que répondre d'autre.

Totò le voleur fit une caresse à Celeste qu'il sentait comme sa propre fille, et à Cristofaro qui, lui, voulait être son fils. Il salua Mimmo, s'arrêta pour regarder dans les yeux compatissants de Nanà et, pour la première fois, devina que c'était un cheval parlant.

Il s'en retourna chez Carmela, chagriné par les doutes du curé quant aux noms des témoins, ses copains du cercle le plus rapproché, tout en cherchant des raisons, s'il ne s'agissait pas des habituelles simagrées ecclésiastiques. Mais il n'en trouva pas. Il avait encore à voler de toute urgence des chaussures pour Carmela et n'avait pas de temps à perdre.

Les envoyés de la Sainte Patronne le virent passer de nouveau sous le ciel désormais rempli des petites ampoules colorées de la fête, ils suivirent la trajectoire convergente du père de Cristofaro avec sa caisse de bière sur l'épaule et, du haut de leur échelle, assistèrent à la rencontre, car Totò marcha dans sa direction et se planta devant lui, l'obligeant à poser à terre son encombrante caisse. Les gens qui observaient les envoyés du curé par simple curiosité à l'égard de ceux qui travaillent, ne comprenant pas ce qu'ils regardaient, cherchèrent à leur tour la raison de cette pause, et leur regard glissa jusqu'à Totò en train de parler avec le père de Cristofaro, alors tout le monde commença à se poser des questions quant à la nature de cette rencontre, sur laquelle aucun, en réalité, n'avait de doute, car tous l'attendaient depuis longtemps.

Les gens imaginaient le ton de Totò, ses menaces, ils imaginaient le silence du père de Cristofaro, la scène muette, ses doigts aux phalanges crispées pendant qu'il écoutait et, personne ne parvenant à entendre, chacun s'inventait tout seul le dialogue. Il y avait ceux qui ne faisaient pas de demi-mesure et étaient sûrs que Totò était allé directement à la promesse d'une balle dans la tête si le père frappait encore Cristofaro, il y avait aussi ceux, plus subtils, qui prenaient en compte la future situation familiale de Totò et le souhaitaient plus diplomate, imaginant des circonlocutions et métaphores de bon sens mais seulement pour confirmer le principe de la menace. D'autres encore, se faisant les questions et les réponses, regroupaient les deux hypothèses, parce que, avec les flics, on peut s'en tirer, mais pas avec nous qui voyons, qui savons et, accablés par le râle d'agonie de Cristofaro, sommes privés du silence, le soir, pour écouter la sirène des navires en partance. Mais tout le monde partageait la certitude que le père ne répondrait pas parce que c'était un lâche, vu qu'il tuait son fils à force de coups.

La semaine passa, et le père de Cristofaro ne frappa plus son fils. Chaque soir le Quartier s'écoutait pour vérifier l'efficacité des paroles secrètes de Totò le voleur. Le silence confirmait sa valeur, on le saluait le matin au bar avec le bonjour réservé aux hommes qui comptent, et on était même arrivé à lui garder le croissant du petit déjeuner « pour sa dame », parce qu'on connaissait maintenant la date du mariage.

Totò et Carmela, dans l'après-midi du mardi, s'avancèrent jusqu'à la place en une promenade de fiançailles bras dessus bras dessous pour contempler le ciel de petites lumières, vérifier les préparatifs de la fête pour la Sainte Patronne qui allait être aussi leur jour de Liesse, et personne ne s'écartait, personne ne se signait à leur approche, on les accueillait au contraire au cœur des Festivités en leur offrant les gâteaux de la Sainte, on les fit asseoir dans le cercle des vieilles femmes qui suggéraient à Carmela des tempérances de jeune mariée et lui prodiguaient des conseils de grand-mère à mère, comment cuisiner pour son époux ou comment conserver les aliments pour ne pas gaspiller.

Les hommes restaient debout. Ils n'avaient connu Carmela que dans l'extase des volets clos et ils la voyaient très belle, telle qu'ils n'avaient jamais pu la contempler, dans sa simplicité de femme, dans la gêne de son silence, parce qu'ils ne l'avaient jamais regardée dans les yeux, n'avaient jamais vu son profil dans la pleine lumière de l'après-midi. Et cette vision dessinait un sourire sur leurs lèvres car ils se sentaient partie prenante du miracle de la Vierge au Manteau qui s'était faite femme, était descendue de son cadre puis dans la rue en laissant derrière elle son Paradis du premier étage.

Cristofaro était rentré chez lui et avait traversé le couloir avec la prudence et la boule au ventre de toujours. Son père n'avait pas bougé du canapé devant la télé. Cristofaro n'arrivait pas à voir son visage ni à évaluer d'après le noir dans ses yeux l'état de son désespoir et le danger. Attendant que quelque chose arrive, il se réfugia dans la cuisine où sa mère, de dos elle aussi, préparait le dîner. Il n'y avait que les bruits de casserole et d'eau, les voix dans la télé et, au-dehors, le silence singulier du crépuscule sur le Quartier. Il se hasarda à demander, entendant pour la première fois sa propre voix assez claire et distincte pour être entendue de son père, s'il pouvait sortir avec ses copains. Sa mère ne se retourna pas et lui demanda seulement où il voulait aller. Cristofaro répondit qu'il irait à la digue regarder la mer la nuit. Il n'y eut pas de réponse et Cristofaro se sentit autorisé à sortir.

La disparition des pleurs vespéraux de Cristofaro sous les coups de son père avait poussé le Borgo Vecchio à l'extérieur, les gens avaient reconquis les rues et ruelles qui, depuis des années, étaient glacées dès le crépuscule par les gémissements du garçon, car personne n'était capable de supporter le déchirement contenu dans cette douleur sonore.

Ils préféraient rester chez eux, avec le volume de la télé au maximum pour ne pas entendre les pleurs.

Les premiers qui eurent le courage de sortir découvraient à quel point le Quartier était propre, vu que tous les marchés avaient été fermés durant la semaine de la Patronne, et les éclairages dessinaient des architectures qui semblaient nouvelles, jamais vues, alors ils se baladaient en suivant les mêmes itinéraires que dans la journée mais avec la sensation d'être ailleurs, dans un autre quartier, une autre ville. Et eux aussi, ils se sentaient différents, ils marchaient avec en tête l'idée d'être quelqu'un d'autre, avec une autre histoire et un autre futur.

Ils s'arrêtaient en bas de chez leurs amis et donnaient un coup de sonnette, descendez, disaient-ils, on va au bar. Alors les autres descendaient et sortaient avec circonspection dans la rue, craignant d'être accablés par les pleurs de Cristofaro. Mais il régnait un silence attentif d'émerveillement, si profond qu'ils parvenaient à déchiffrer la respiration de la mer, alors ils suivaient sa trace en redécouvrant les passages antiques et oubliés qui mènent au rivage. Cristofaro et Mimmo s'en allaient vers la mer eux aussi, mais auparavant ils eurent la folle idée d'inviter Celeste et sonnèrent chez elle, suscitant de ce fait dans l'appartement de Carmela un remue-ménage lié à son commerce : la gamine, en effet, se leva de table pour s'installer sur le balcon, comme d'habitude, et Carmela, imaginant un client d'après-dîner, crut qu'elle devait se changer. C'est Totò qui quitta la table pour répondre, afin que l'on sache que désormais c'était une famille qui vivait là. Totò dit à Celeste qu'elle pouvait sortir avec ses amis si elle voulait.

Ils passèrent la soirée tous les trois assis sur un rocher de la digue. En face, ils n'avaient que l'obscurité de la mer. Tout au fond, là où ils pensaient qu'était l'horizon, ils voyaient des lueurs de villes qui étaient seulement, en réalité, les illuminations propres à la nuit, éclairs d'orages lointains et intermittents, et chacun d'eux, en silence et sans rien dire aux autres, imaginait le même voyage, qui ne pouvait se faire que par mer, tous les trois ensemble, Mimmo ajoutant dans son rêve Nanà avec son bagage encombrant, et ils se voyaient déjà en train d'accoster. Ils se demandaient comment survivre, pensant à la ressource que représentait Nanà comme paisible cheval de calèche. Mais Celeste était la seule à connaître la géographie politique apprise dans son manuel scolaire durant ses après-midi sur le balcon, et elle savait que les villes de mer ont pour ceux qui débarquent des destins malheureux de misère, parce que l'on éprouve plus fortement la nostalgie du retour avec l'urgence du départ, et elle savait qu'il leur faudrait prendre encore un train pour s'enfoncer vers l'intérieur et conjurer l'appel du large. Et tout en imaginant, Mimmo et Celeste s'effleurèrent et se prirent par la main. Ils restèrent à contempler leur songe dans l'obscurité de la mer jusqu'au moment où ils décidèrent de s'en retourner. Alors ils dénouèrent leurs mains, pour que Cristofaro ne se sente pas plus seul, pour ne pas gâcher l'enchantement de la tendresse.

Vint le matin du dimanche. On avait porté hors de l'église la statue de la Sainte pour lui montrer le travail bien fait sur la place, les lumières allumées malgré le soleil, les décorations des ruelles, la tenue de fête de tout un chacun, les beaux habits des enfants, le parfum de cannelle des desserts. Et quand la Patronne vit le monde, elle sembla se figer, car elle était clairvoyante.

Le curé marquait la procession à coups d'encensoir avec, à côté de lui, Totò le voleur et Carmela, déjà prêts pour la messe. Les témoins attendaient sur la place, et puis à la fin de la Liesse tout le monde rentrerait dans l'église pour l'office.

Ils arrivèrent. C'est le traître qui se présenta le premier. Il avait à la main l'écrin contenant les alliances et s'avança vers Totò pour les lui montrer. Il en prit une et l'approcha des boucles d'oreille de Carmela, les effleura, pour montrer à Totò comment celles-ci s'accordaient bien avec l'anneau, par la forme et la couleur. Puis il l'étreignit et l'embrassa. C'était l'ami qui s'était tenu à l'écart à l'annonce du mariage, celui qui n'avait pas voulu trinquer, et était resté en arrière. Totò pensa qu'il se repentait. Mais quand l'ami fit trois pas en arrière, Totò vit, à l'entrée des ruelles, se présenter les flics de toujours. Ils avaient leurs armes à la main, braquées dans sa direction, il comprit qu'ils étaient venus pour lui.

Totò le voleur se mit à courir, gêné par sa veste de lin. Sa cravate qui flottait au vent lui voilait l'horizon de la fuite, le faisant trébucher sur un cageot de pommes qui roulèrent dans sa direction, cherchant leur salut. Il ne courait pas librement, parce qu'il tentait par bonds d'éviter les obstacles, parce qu'il sentait la semelle lisse de ses chaussures de cuir brillant incapable de favoriser le rebond, parce qu'au lieu de s'échapper, il glissait sur l'asphalte du marché. Plus il prenait de la vitesse, plus il se sentait instable et mal assuré, il remuait les bras pour contrebalancer son élan, et tout le monde, sur la place, avait la sensation de le voir nager, avec son pantalon blanc gonflé par l'air et ses bras semblables à des ailes d'insecte. Totò entendit le cri lui intimant de s'arrêter, puis le tir en l'air conforme au règlement qui lui laissait encore, avant qu'ils ne le mettent en joue, quelques secondes qu'il avait appris à compter en rythmant ses pas, avec l'assurance acquise lors de ses fuites perpétuelles. Pour éviter le coup, il tenta un virage dans la ruelle, mais ses semelles trop lisses freinèrent son mouvement qui se transforma, au moment de tourner, en une lente manœuvre de tout le corps.

Carmela et Celeste le regardaient, avec un glissement de tête instinctif, comme pour l'aider. Mais le geste de Celeste se perdit en un sourire, car les mouvements de Totò lui semblaient comiques, et la mère et la fille furent distraites par le hennissement de Nanà, caparaçonné pour la Patronne, qui avait pris le vacarme du coup de feu pour le Partez ! du revolver de l'hippodrome du promontoire, et se démenait dans l'horreur d'une nouvelle course, se cabrait en entraînant vers le haut à la fois Mimmo qui l'étreignait et Cristofaro qui, accouru pour aider son ami, tentait de lui caresser le museau.

Totò parvint à s'agripper au mur d'angle et à se propulser dans la ruelle au tout dernier instant, et il entendit le coup de feu et la balle qui ébréchait le mur centenaire au-dessus de sa tête en pénétrant les sédiments calcaires de l'histoire la plus ancienne jusqu'aux temps géologiques de la coupe originelle du tuf, ramenant à la lumière la coquille fossile d'un animal disparu depuis longtemps, si coriace que la balle dévia vers des époques encore plus reculées sans parvenir à dévoiler rien d'autre parce qu'elle alla se ficher dans la profondeur vide qui remontait au Chaos.

Totò se croyait sain et sauf, parce qu'il avait déjà imaginé mentalement l'itinéraire d'une fuite assurée dans la toile d'araignée des ruelles, et il commença à pousser sans inquiétude sur ses jambes. Mais lorsqu'il leva les yeux, il vit en face de lui deux flics l'arme prête, tellement inattendus et proches qu'il put lire dans leurs yeux l'absence de surprise et une légère expression de peur aux commissures des lèvres. Il s'arrêta net, foudroyé par la certitude de la trahison si profonde, si aveuglante qu'il en reconstruisit les moments et les modalités, la façon dont les flics avaient pris possession du Quartier bien des heures auparavant, fondus dans l'allégresse de la fête en l'honneur de la Patronne, dépouillés de tout uniforme, de tout signe d'appartenance et même de toute odeur pour ne pas se faire repérer par les animaux guetteurs qui montaient la garde, s'empêchant même de respirer pour ne pas compromettre le succès de la chasse, la façon dont ils avaient tout prévu sur plan ; comment ils avaient envoyé des avant-gardes patrouiller nuitamment pour vérifier à quel point la géographie réelle du Quartier, si instable et bavard, correspondait aux cartes en leur possession, et comment ils avaient dès l'aube pris en otage des familles entières vivant au premier étage afin de se ménager un meilleur champ visuel.

Totò, à l'instant même, pénétra le mystère de la trahison parce que, malgré toutes ces précautions, ils n'auraient pas réussi à l'encercler si quelqu'un ne s'était pas assis avec eux au commissariat central, épaule contre épaule, n'avait pas accepté leurs cigarettes et fumé avec eux tout en les guidant du doigt dans l'intimité secrète des cartes et en leur indiquant d'autres issues inconnues des habitants du Quartier eux-mêmes, si quelqu'un n'avait pas entouré d'un trait de crayon rouge les portails éphémères qui s'ouvraient avec des clefs secrètes entre une ruelle et l'autre pour perdre les chasseurs, et aussi les grilles hermétiques protégeant de faux entrepôts qui facilitaient en réalité l'accès vers des terrasses et des escarpements, si bien que quand la fuite par des rues horizontales semblait interdite, il était possible de parcourir des sentiers verticaux qui conduisaient à la liberté des toits et des belvédères.

Et c'est à cet instant-là que Totò reconnut celui qui l'avait trahi, lui donna un nom et un prénom, et cet homme lui était si proche, si frère, qu'il sentit la blessure lui brûler l'estomac et monter jusqu'à la bouche pour se libérer à travers ses lèvres qui laissèrent échapper un sifflement: Judas.

Les deux flics qui essayaient de pointer sur lui leur pistolet en restèrent tout interdits et gênés parce qu'ils ne comprenaient pas auquel d'entre eux Totò s'était adressé, et ils se regardèrent, à l'affût d'une grimace de complicité ou de double jeu sur le visage de l'autre pour n'y trouver finalement que l'effroi de ne pas avoir encore réussi à bloquer de gré ou de force le fugitif, car Totò, évitant de fournir une cible, sautillait de-ci de-là et s'interposait en une danse primitive entre les deux flics qui n'osaient pas tirer, de crainte de toucher le collègue, et pour finir se mirent à sauter eux aussi tout en essayant de viser.

C'est ce que voulait Totò. Il parvint à revenir sur ses pas en les entraînant dans sa danse jusqu'à l'entrée de la ruelle pour se lancer brusquement dans l'espace ouvert de la place où il défia le gros des forces de l'ordre qui attendaient le son sec et définitif du coup de pistolet censé mettre fin à cette chasse. C'est ainsi qu'ils avaient imaginé le piège. Ils se trouvèrent de ce fait désorientés lorsque ce qui sortit de la ruelle fut non pas un coup de pistolet sec et définitif mais Totò lancé à toute allure malgré ses semelles lisses, ce qui les obligea de nouveau à viser à deux mains et à l'avoir au bout du canon sans pouvoir presser la détente : il y avait toujours quelqu'un ou quelque chose entre la sortie du canon et Totò.

Ce qui les retenait, ce n'était pas tant la crainte de toucher d'autres personnes ou des étrangers, parce que personne n'était innocent, que celle de rater la cible. Car les flics ne voulaient pas écrire de nouveaux chapitres au roman de Totò l'insaisissable qui était en train de traverser la place pétrifiée en un photogramme d'effroi. Tout le monde avait senti l'odeur de la mort et s'était tétanisé, même la fumée des maquereaux qu'on faisait griller sur un feu de cageots se figea dans l'air en un brouillard solide de bois au petit matin, et les gouttes fondues sur le cône de glace des enfants se raidirent dans un frisson de froid, tandis que se retrouvaient bouche bée les vendeurs et les acheteurs de gâteaux de la fête en train de discuter le prix, laissant la négociation en suspens de même que la marchandise tenue en l'air entre une main et l'autre, et puis Nanà resta cabré sur ses pattes arrière, avec les ornements qui glissaient d'un côté et Mimmo accroché à son cou qui fermait les yeux parce qu'il ne voulait rien voir d'autre, et Cristofaro qui, lui, avait vu son père avec sa caisse de bière sur l'épaule et une promesse dans les yeux.

Ceux qui n'étaient pas descendus dans la rue pour profiter depuis leur fenêtre de la procession de la Sainte Patronne restèrent le doigt pointé vers Totò fuyant à travers la place, empêtrés dans une pensée apitoyée : exactement comme son père. Tout était immobile quand Totò se retourna pour regarder, et il vit le désespoir de Carmela qui tendait la main pour le retenir dans le miracle annoncé de la Vierge au Manteau qui lui avait promis le mariage, il vit la stupeur privée de paternité de Celeste qui, une fois de plus, se sentait orpheline, il vit la résignation sur le visage de Cristofaro car personne n'allait plus apaiser son père, il vit la détermination des flics qui voulaient clôturer les comptes une fois pour toutes, et il comprit qu'ils n'auraient pas trop de scrupules à tirer dans la foule, il vit la statue de la Patronne toute harnachée de deuil, le bras paralysé dans le geste d'une extrême-onction générale et définitive, il reconnut dans les yeux de tous la résignation antique et répétée face à la mort prodiguée par la loi, et il perçut même dans le regard du curé une lueur d'épuisement parce qu'il était déjà en train d'imaginer toute la peine d'un enterrement à la place d'un mariage, comme un poids de plus dans sa fatigue pour la célébration en l'honneur de la Sainte. Et pour finir, il vit son ami, le traître, la mâchoire crispée, un dernier regard chargé de haine et de satisfaction dans la certitude de ne plus jamais le revoir, qui, debout derrière le flic en train de le viser, ouvrit la bouche et la referma, et il parvint à lire la sentence « tire maintenant », alors le flic tira.

La balle suivit Totò le voleur sur toute la longueur de la place en évitant les proies inutiles, déviant de tous les obstacles, toutes les cibles. Totò la sentit si proche qu'il entendit le sifflement de son râle, s'aplatit contre le mur et se laissa dépasser. Dans l'élan de sa rage, la balle ne perçut pas ce mouvement prudent de Totò et le perdit. Elle continua à le chercher au-delà de la parabole de sa trajectoire, toute pleine de la frustration des projectiles qui ont manqué leur cible.

Elle suivit ses traces avec le flair d'un chien lorsqu'elle devina son odeur dans la cour de récréation de l'école où, pendant des années, tous les matins, il s'était attardé en se demandant s'il allait passer la porte de la classe dans laquelle il avait fini par ne plus entrer, elle le chercha dans les fissures des murs de grotte rongés par l'air salin où Totò se postait pour ses premiers guets-apens de rapine, elle continua jusqu'au bord de mer, près de la digue, où Totò enfant était venu pleurer de solitude dans les merveilleux crépuscules de mai, et son flair, à cette balle, était si développé qu'elle devina même l'odeur des larmes d'autrefois.

Elle continua par voie maritime, traversant le golfe pour retoucher terre aux pontons d'amarrage des ferries désormais proches du départ. Ils remplissaient leurs cales des voitures des fuyards qui ne reviendraient plus et la balle vérifia que Totò ne s'était pas fondu parmi eux.

Totò, en fait, avait quitté le piège des ruelles, désormais dévoilées et risquées, et il courait dans les grandes rues à découvert, imaginant que la stratégie des flics ne les avait pas prises en compte. C'était bien le cas, et il ne restait pour les surveiller que les gens des boutiques et les vendeurs ambulants tout autour à qui on n'avait pas concédé un mètre carré à proximité de la place, en vue de la Sainte Patronne. Ils regardaient Totò dans sa course habituelle, percevaient le souffle du déplacement d'air, et ils le voyaient comme un ange blanc qui ne s'accordait pas de répit, même les jours saints.

Il courait, Totò, toute pensée abandonnée dans son sillage, et même la férocité de la vengeance était restée derrière lui, cédant la place à l'impression que les journées avaient raccourci et que la lumière tombait rapidement derrière les maisons. Totò éprouvait l'odeur de l'automne.

Il courait, se demandant s'il lui fallait s'arrêter pour sortir son pistolet de sa chaussette ou bien renoncer à son arme, inutile, pour ne pas perdre de précieuses secondes de fuite. Ces secondes, il les évaluait en mètres, d'ici à là-bas, en portions de ruelle, et il remplissait cette distance avec le souvenir de chaque boutique et de chaque habitant, avec les signes sur les murs, les obstacles sur les trottoirs. Il décida que, avec ou sans pistolet à la main, il n'y aurait pas de salut pour lui parce qu'il n'avait plus de marge où redresser son destin tordu. Alors il continua à courir.

La balle s'avança plus loin encore vers le Quartier en fête parce qu'elle savait que Totò n'avait pas la chance d'autres horizons, elle le chercha devant la taverne des tournées de bière mais elle la trouva fermée en signe de respect pour la Patronne, alors elle passa et repassa, dans l'urgence de sa suspicion, soupçonnant qu'on avait baissé le rideau pour le cacher.

Avec sa logique policière, elle surveilla les portes d'entrée des receleurs et des complices qui ne se laisseraient jamais aller à une délation, mais eux aussi étaient sur la place pour demander pardon et verser une obole de grâce à la Patronne. La balle scruta chacun des visages le long du périmètre extérieur du Quartier, des étrangers à cette zone venus d'autres faubourgs, détachés de la foi et des tracas du Quartier, elle fouilla leur regard et y découvrit un résidu de surprise car ces passants venaient de croiser le garçon vêtu de lin blanc courant comme le vent, et ils avaient pensé qu'il était en retard pour le mariage, et imaginé son inquiétude pour la mariée qui attendait, pour les invités qui consultaient leur montre avec des sourires complices. Et la balle, habituée à provoquer la stupeur, trouva encore une marge d'inertie et s'élança le long du trottoir. Le voilà, Totò le voleur, là, quelques mètres devant, il ressemblait déjà à un fantôme blanc transporté par la brise qui tournoyait et s'apaisait dans la lassitude du soir.

Totò le voleur tomba, il ne comprit pas qu'il avait été touché, mais il eut honte pour le moment à venir, parce qu'on allait découvrir dans l'étui de sa chaussette le mensonge de son pistolet-jouet : jamais il n'en avait eu un vrai. Et sa dernière pensée fut pleine de tendresse pour lui-même et pour son père parce qu'au moment de fermer les yeux, il vit la croix de l'enseigne clignotante de la pharmacie où, bien longtemps auparavant, on avait tué celui-ci. La balle entra, sortit, et râla à côté de lui en rebondissant sur le trottoir. Mais avant de calmer définitivement la férocité de son élan, elle vit le fantôme du père tué de Totò, son opiniâtreté de mort qui, depuis vingt-trois ans, attendait son fils au coin de la pharmacie.

Le couteau de Totò

On ne lui laissa pas voir le corps. Carmela ne s'était pas rendu compte que Totò était mort. Elle le voyait encore en plein dans sa course glissante, dans les grandes foulées de son pantalon blanc s'éloignant du Quartier, le long d'autres rues où mesurer la distance du monde, en train d'enjamber d'un bond la vastitude de la mer rien que pour revenir vers elle. Carmela était égarée, elle voulait rentrer dans l'église pour se marier, Totò m'attend, disait-elle, ne me retardez pas.

Elle se tourmentait à l'idée du temps qui pressait, des amis qui attendaient, du vin d'honneur à la taverne, et ses chaussures lui faisaient mal parce que Totò, dans la hâte de son larcin, s'était trompé de pointure. Le curé, cependant, la guidait vers chez elle. Celeste, dans son habit de demoiselle d'honneur, un bouquet de fleurs d'oranger à la main, les suivait.

Ils traversèrent la place, la grand-rue. Le Quartier, silencieux, s'écartait pour les laisser passer. Carmela se traînait, agrippée au curé, et s'arrêtait, déchirée, trébuchante, c'est à cause de la robe, disait-elle, des chaussures, des talons qui s'enfonçaient dans l'asphalte liquéfié par le soleil.

Certains se signaient comme s'il s'agissait d'un cortège d'obsèques anticipées et par contumace, vu que le corps de Totò avait été placé dans une caisse de bois et transporté dans un fourgon à la Médecine légale en attente d'une autopsie. Par groupes, les gens s'interrogeaient sur le besoin qu'il y avait de le découper en morceaux pour attester cette vérité éternelle: il avait été tué par la main de la loi, lui avec tous les autres.

Les amis de taverne de Totò arrêtèrent Carmela pour l'embrasser deux fois sur les joues en signe de condoléances, et elle, en retour, souriait et remerciait car elle pensait que c'étaient des baisers de bons vœux pour le mariage. Elle ne se souvenait pas, elle touchait son doigt, cherchant l'alliance. Mais elle ne la trouvait pas et regardait par terre pour voir si par hasard elle n'était pas tombée, elle voulait revenir en arrière pour la chercher, pour demander si quelqu'un l'avait vue.

Le curé la poussa un peu plus loin, vers chez elle. Les amis embrassèrent aussi Celeste, ils la devinèrent jeune fille sous sa belle robe, petite poitrine, chevilles fines comme celles de sa mère, les cils épais dessinés dans l'expression enfantine de la tristesse, le regard étonné de celle qui vient soudain de comprendre le regard des autres. Les amis pensèrent que Celeste serait bientôt une chair fraîche comblée de gains, et ils se murmuraient à l'oreille un nom, un seul, à coup sûr, parce que les chemins de leur raisonnement les portaient à voir la vérité sans la comprendre. Ce n'était plus ni amour ni trahison : ce n'était que question d'argent.

Ils promirent qu'ils allaient payer de leur poche le graveur et le marbre pour accrocher une plaque à la mémoire de Totò, juste là, à côté de la taverne, tué de la vile main d'un policier. Ils laissèrent la mère et la fille s'en retourner chez elles parce qu'elles avaient besoin de rester seules pour se raconter ce qui occupait leur tête.

Carmela resta assise tout l'après-midi à regarder la lumière du jour qui se faisait soir, il y avait un parfum d'avant-goût d'automne et la brise agitait les rideaux bleus comme un alphabet. Carmela regardait les tissus qui ondoyaient, s'entortillaient et se dénouaient, une danse si précise et gracieuse que le message de la Vierge au Manteau lui apparut clairement. Alors, dans son hallucination de veuve jamais mariée, elle comprit qu'il n'y aurait pas de salut pour elle mais seulement pour sa fille, c'était tout ce que la Vierge dans son cadre pouvait lui accorder, rien de plus. Et celle-ci, à travers le vent et les voilages, lui révélait la douleur parce que Totò ne reviendrait jamais, jamais plus ils n'écouteraient ensemble le silence bien vivant de Cristofaro et la sirène des bateaux en partance, jamais plus la vision rêvée du ciel et des étoiles au plafond de la chambre. Jamais plus ses mains, son sommeil de petit enfant et son costume blanc, jamais plus ses promesses.

Alors, quand on sonna, les rideaux se figèrent parce que le vent lui-même retint son souffle. Carmela sut tout de suite qui se tenait derrière la porte.

Le traître n'entra pas en ami, ni en client, mais avec un regard de maître, et il n'était plus dévoré par l'amour. Il fit à Carmela un discours compliqué comme une dentelle. Oui, parce que Totò, avec tout le respect qu'on lui devait, avait exagéré. Il lui révéla qu'il avait été tué à cause de ces boucles d'oreille des notables, et aussi qu'il fallait les restituer tout de suite parce que la police risquait encore de débarquer en force ici même pour une perquisition, et de fouiller sans relâche tant qu'elle n'aurait pas trouvé. Alors Carmela devait convenir qu'il n'était pas possible d'accepter la présence des flics dans le lieu où elle gagnait son pain dans la grâce de Dieu et de la Vierge au Manteau, parce que c'était cela qu'elle allait devoir continuer à faire sans se préoccuper d'autre chose, puisque lui était là pour la protéger, avec la charge que cela représentait, le souci des dettes de reconnaissance, de l'amitié fraternelle. Il allait s'occuper de tout, parce qu'il avait les flics dans la poche, il allait parler avec qui de droit pour ne pas se retrouver avec de nouvelles surprises, il allait rendre les boucles d'oreille. Et d'ailleurs, ils allaient même développer le commerce, on pouvait faire mieux et plus, Totò, avec tout le respect qu'on lui devait, ne comprenait rien aux affaires, il ne s'y entendait qu'en larcins, il n'avait pas compris à quel point la beauté de Carmela était incomparable, tellement qu'il voulait l'épouser pour la soustraire au bonheur des autres, au monde. Lui, il voulait la traiter comme une relique de sainte qu'on expose au public parce qu'il n'est pas juste de priver le monde de l'extase de sa chair. Et, alors qu'il jetait un coup d'œil circulaire sur ce qu'il considérait comme lui appartenant enfin, Celeste échoua à son tour dans le cadre de son délire, il la proclama sa fille, la soupesa des yeux. Carmela comprit que le massacre ne faisait que commencer.

Cristofaro voulait se dépêcher parce que le soir lui était tombé dessus sans préavis et sans espérance. Le crépuscule ne lui avait pas accordé de délai de pitié, poussé qu'il était par la fête de l'automne, excité par le sang qui maculait encore le trottoir devant la pharmacie. Le soir lui aussi voulait courir pour devenir nuit et clore sa tournée de deuils, parce que personne, avec la mort de Totò, ne pensait à autre chose.

Lorsqu'il ouvrit la porte de chez lui, sa mère portait la bassine pleine de la lessive à étendre. Elle le regarda comme s'il était déjà mort, avec la nostalgie fugace qu'on a pour les choses perdues depuis longtemps. Ce n'était pas l'heure de chanter, mais une fois sur le balcon, elle commença à brailler à tue-tête des chansons qui couvriraient tout autre bruit et son, afin que personne n'entende. Cristofaro comprit que sa mère ne voulait pas laisser entendre aux autres ses vagissements d'agonie, son râle de chien battu à mort. Et il fut d'accord lui aussi, parce que cette fois il n'allait pas pleurer ni opposer de résistance. Son père était debout, il l'attendait au bout du couloir, silhouette brouillée par le feu du soleil qui se noyait dans la mer et entrait dans la maison avec des lueurs d'adieu. Son père s'avança, lui aussi s'avança à sa rencontre. Cristofaro pensait à ses chaussures de footballeur, à son habileté de joueur, se demandant comment ils allaient faire sans lui comme attaquant. Il pensait à l'odeur du pain, à la lumière des matins de mai, à l'obscurité de la nuit et à l'amour qu'il regrettait de ne connaître que par procuration en la personne de Celeste, il pensa à Totò qui avait opposé la résistance de sa fuite. Mais il n'était pas aussi véloce, lui.

Personne, dans le Quartier, ne put raconter cette horreur-là. Il fut dit seulement que Cristofaro et son père s'étaient reflétés mille fois dans un face-à-face si intense qu'ils ne savaient plus qui était le père, qui était le fils, qui frappait et qui souffrait, et l'un semblait être la photo de l'autre, leur seule photo ensemble, parce que dès le début la vie de Cristofaro avait été marquée par les bleus et les blessures, et il n'avait jamais été possible de l'immortaliser, pas même un portrait pour la sépulture. Ce sont ses copains qui découpèrent son visage sur la photo de classe du printemps d'avant. Dans le Quartier, on raconta seulement que le père avait tressailli et retardé l'espace d'un instant son poing lorsqu'il avait vu Cristofaro désormais à terre baignant dans son sang, la bouche ouverte sur une sorte de grimace semblable à un sourire enfantin de gencives sans dents, tendre ses bras vers lui comme quand il était petit, et qu'il avait une fois encore été terrorisé face à cet enfant qui bougeait ses doigts pour l'attraper, pour le prendre et le retenir.

Malgré le chant de la mère, les bruits du massacre furent entendus dans le Quartier et quelqu'un appela la police. C'est elle, la mère, qui ouvrit la porte. Le corps de Cristofaro était dans son lit. Personne ne sut comment il y était arrivé. Le père, de dos, assis sur le canapé, regardait la télévision.

Il n'y avait pas d'autre bruit, sauf les cris des animaux du Quartier, ceux qui étaient libres et ceux qui étaient enfermés, ils se racontaient en résumé la mort de Cristofaro, et ils s'informaient, chacun avec le cri propre à son espèce, sans pourtant parvenir à en rendre compte, parce que, même pour eux, la mort de ce garçon était trop terrible. Il n'y avait rien à ajouter, sa vie avait été trop brève.

Les yeux de Nanà étaient si grands que Mimmo se vit reflété dans ce fond semblable à un miroir. C'était lui cette ombre, lui le garçon qui s'observait de profil montrant sa mâchoire marquée des bleus de la dernière bagarre, plissant les yeux pour avoir l'air plus méchant, mais c'était aussi le gamin qui tendait vers le cheval ses joues baignées de larmes pour la mort de son ami. Nanà ne se laissa pas impressionner et l'engloba, par les yeux, dans une bulle de protection, dans une étreinte affectueuse de cheval qui pleure pour ses propres malheurs et pour ceux de son garçon.

Il lui parla comme il ne l'avait jamais fait, avec la simplicité des animaux qui traînent une calèche et la vérité de ceux qui souffrent. Il lui raconta l'éperon de clous en forme de rose que son père lui plantait dans l'anus à l'insu de tous, juste un instant avant le coup de revolver du départ, pour qu'il coure à s'en rompre le cou, fuyant la souffrance, fuyant l'obscénité de ce cirque, toujours plus rapide, toujours plus loin de sa vie.

Il racontait à Mimmo que la violence de sa peur et de sa douleur était tellement irréfrénable qu'il gagnait de plusieurs longueurs sur les autres chevaux sans éperon et sans encouragement, que le jockey lui-même n'arrivait pas à lui imposer un frein, une limite, au contraire ce type fier de ses victoires suppliait sous la visière de sa bombe qu'on lui porte secours, que quelqu'un vienne ralentir la bête lancée, l'arrêter, lui tirer une balle, la terreur du cheval s'était communiquée à celle du jockey, celui-ci sentait céder ses bras, mollir l'étreinte de ses cuisses au moment où il se voyait projeté par la force centrifuge au-delà du cercle du public qui savourait déjà sa chute comme un supplément de spectacle, plus loin que les constructions illégales des habitants voués à l'omertà, plus loin même que la houle de la mer indifférente, plus loin que les rares terres connues, jusqu'à l'enfer des méchants et des fraudeurs. Ceux-ci entraient en piste juste au dernier moment sur des motos lancées à sa poursuite le long du parcours, ils devaient faire des acrobaties pour attraper son mors et son harnais, s'accrocher de tout leur poids à son cou pour qu'il braque ses jambes et s'arrête.

Giovanni, Saverio et tous ceux qui vivaient de son malheur se dépêchaient d'arriver, tout joyeux, agitant la housse marquée de ses couleurs, les écharpes brodées de son nom en lettres d'or, sa photo couronnée de lauriers du calendrier imprimé pour tous les mois de sa victoire éternelle, ils lançaient en l'air les éponges pour créer du désordre, détourner l'attention en faisant des grimaces et pieds de nez à l'adresse des perdants. Ils étaient bien conscients du caractère mesquin de cette comédie, mais ils étaient prêts à tout pourvu que personne ne remarque le cheval qui piaffait de douleur, la bave blanche de son désespoir, pourvu que personne ne parvienne à déchiffrer le cri dans son hennissement. Tout le monde croyait qu'ils l'embrassaient de joie, qu'ils le couvraient d'affection avec la housse, qu'ils l'escortaient ensemble dans l'allégresse des vainqueurs. Mais non, la main alerte de son père, couvert par des comparses selon des stratégies théâtrales, extirpait l'aiguillon de l'anus à l'abri de la housse et le dissimulait au plus secret d'une éponge afin que même le plus soupçonneux, le plus méfiant, ne puisse jamais, par le biais d'une vérification impromptue, le trouver. Personne ne vérifierait jamais : lui, c'était Nanà, le cheval du Quartier, deux cents courses, toutes gagnées ; c'était Nanà, le champion éreinté qui se laissait mener par la bride, vidé même de sa rage car rien ne pouvait le blesser plus que la rose des clous.

Personne ne remarqua le sang qui gouttait de la queue jusque sur l'asphalte comme un sillage ondulant de serpent. La pluie complice s'annonçait déjà en même temps que septembre avec des taches sombres et rapides au large, elle ferait disparaître cette unique trace.

Voilà ce que racontait Nanà, et Mimmo comparait la version du cheval à la profondeur de sa certitude qui n'avait pas de mots mais connaissait la grammaire de ces regards complices échangés entre parents durant les silences du transport, la manie de son père de se toucher le coude au moment du départ, le compte précis des pas de son père pour la dernière incitation sur les flancs de l'animal, comme un geste pour conjurer le mauvais sort, le regard d'entente à l'homme qui tirait le coup de revolver, et puis ces sourires de satisfaction, en se léchant l'index, au moment du partage de la bourse de la victoire. Pour plus de preuves, il ajoutait des détails convaincants : jamais une seule éponge n'était revenue de ces courses pénibles, jamais même par erreur son père n'avait partagé en famille un quelconque étonnement devant la chance de la victoire, il s'était seulement réjoui avec ses copains du bien-fondé de son investissement. Et finalement, le sceau de la vérité s'imprima en lui lorsqu'il se rappela les ordres péremptoires accompagnés de menaces pour que lui, Mimmo, étrille bien le cheval, mais jamais sous la queue ou à côté de l'anus, parce que ça fait mal.

Pour se consoler tous les deux, Mimmo sortit de sa poche les gâteaux récupérés lors de la fête, mais Nanà, de son museau, les écarta de son écuelle parce qu'il ne voulait plus manger, il ne voulait plus rien de cette vie d'esclave et il révéla à Mimmo son choix sans retour d'en finir comme l'avait fait Cristofaro, parce que rien ne justifiait la douleur de cet éperon.

Avec le don d'anticipation des chevaux qui parlent, il raconta à Mimmo la prochaine course, la dernière, le départ à la corde sur l'hippodrome du promontoire, le premier virage où il avait déjà une tête d'avance sur les autres chevaux qui le regardaient dans l'écume de leur mors et dans la stupeur de leur incompréhension face au besoin qu'il avait de ce déclic, à cette urgence de montrer qu'il était le plus rapide vu que tout le monde le savait et qu'ils concouraient juste par contrat en sachant qu'il était impossible de gagner.

Au virage suivant, il avait la course en main et il sentait son jockey comme un fardeau inutile parce qu'il n'avait pas besoin qu'on le pousse plus loin, au contraire, dans la longueur inverse, le jockey inquiet commença à tirer sur les rênes parce qu'il sentait le cheval lancé sans frein et sans loi, mais il avait beau tirer, Nanà ne répondait pas, alors dans le vertige de ce galop il se coucha, terrorisé, sur le cou du cheval, s'agrippa à ses oreilles au point de les arracher, mais le cheval en éprouva plus encore l'urgence de la vitesse et affronta la ligne droite qui le menait vers l'arrivée comme s'il avait une autre piste, un autre espace et des champs à perte de vue, l'horizon de la mer sans limites, et comme s'il était sûr de pouvoir courir même sur les eaux tel un Jésus des animaux, parce qu'il se refusait à voir les gradins improvisés en tubes de fer, les barrières de protection rouillées qui délimitaient le parcours, le théâtre de misère des parieurs qui hurlaient de surprise et de plaisir, si proches qu'ils arrivaient maintenant à voir l'orbite de ses yeux fous de terreur, jusqu'au fracas, le jockey balancé dans la foule, Nanà qui ruait des pattes arrière, les autres perdues dans un enchevêtrement de fer et de sang.

On découvrit tout de suite l'arnaque de l'éperon, mais juste avant, Giovanni et son compère Saverio avaient quitté l'hippodrome du promontoire, certains qu'ils allaient le payer cher.

Nanà raconta à Mimmo que dans son agonie il verrait s'approcher le juge des courses avec son pistolet libérateur, parce qu'il savait qu'il n'y avait pas d'autres courses, pas d'autre futur. Et quand cet homme tira, ce ne fut pas par pitié, mais par rage envers la tromperie et la fraude. Et même s'il suffisait, pour Nanà, d'un seul coup, le juge en tira un second, juste par haine.

Voilà ce que Nanà raconta à Mimmo avant de redevenir muet pour toujours.

Mimmo quitta l'écurie parce que le silence de Nanà et l'absence de Cristofaro avaient brouillé sa notion du temps. Il décida de passer sous le balcon de Celeste, en quête de regards et de consolation.

Les volets étaient fermés, mais Celeste n'était pas sur le balcon. Son absence était tellement anormale que la rue était vide, afin que personne ne puisse échapper à son indispensable comptage qui, chaque après-midi jusqu'au soir, avait archivé la moindre chose. Mimmo, pour la seconde fois, trouva le courage de sonner chez Carmela alors même que les volets étaient fermés selon le signal habituel, malgré les recommandations de sa famille, la crainte de découvrir ce que tout le monde donnait pour sûr. Personne ne répondit mais la porte d'entrée s'ouvrit.

Sur le palier, il trouva le traître qui l'attendait, et lui fit un clin d'œil en le prenant par le bras pour le faire entrer dans le Paradis de Carmela. Il trouva celle-ci assise en face du cadre de la Vierge au Manteau avec un regard absent de prière trahie, un visage de deuil qui jurait avec la tenue imposée, une robe à petites fleurs bleues qui découvrait les cuisses nues pour enflammer tout de suite le désir et faire vite, selon les nouvelles stratégies commerciales édictées par le traître. Celui-ci s'imaginait des files serrées d'hommes pressés par l'urgence le long des escaliers, comme au temps mythique des corvettes étrangères amarrées aux môles. Mais les temps de guerre étaient venus et les bateaux étrangers fréquentaient d'autres ports.

Ce qui échappait au traître, c'était la situation nouvelle de Carmela qui avait été vue en compagnie de la Patronne en habit de noces, veuve et rédimée avant même son mariage, et les fantaisies amoureuses des hommes du Quartier s'étaient perdues elles aussi dans la superstition de leurs femmes qui, maintenant seulement, pleuraient le désespoir de Carmela en se l'appropriant, parce que leurs présents pour le mariage n'avaient même pas été ouverts, leurs dragées de vœux, distribuées dans les bonbonnières avec la bénédiction du curé, n'avaient pas été mangées. Elles les retrouvaient comme bibelots sur la table de la cuisine, sur la commode de l'entrée, sur la table de nuit à côté du lit. Et elles avaient beau les cacher, tous ces objets remontaient à la surface pour leur rappeler sans échappatoire combien proche du leur et contagieux était le destin funèbre de Carmela. Et les hommes n'éprouvaient plus l'envie.

Le traître poussa Mimmo plus loin que le Paradis désert de Carmela, vers la chambre de Celeste. «Nous avons des nouveautés pour les plus jeunes», dit-il, en continuant à faire des clins d'œil entendus, «aujourd'hui c'est gratuit, c'est moi qui offre, et puis comme ça tu le raconteras à tes copains, et peut-être que tu y gagneras quelque chose toi aussi.» Il referma la porte et le laissa seul avec Celeste.

Mimmo et Celeste s'assirent sur le lit, main dans la main comme s'ils observaient encore la mer nocturne de la digue et découvraient des horizons jamais vus auparavant. Mimmo regarda les livres sur les étagères, le cartable tout prêt pour l'école, les dessins de Celeste enfant sur les murs avec toutes les voitures, tous les piétons qu'elle avait archivés au long de ses après-midi sur le balcon, il vit des esquisses au crayon de son père imaginaire, le sourire qui aurait dû changer le monde dans le portrait de Totò le voleur, Nanà dans la splendeur de son caparaçon et la statue de la Patronne bénissante, il vit les poissons et les noyés de l'inondation, et les étoiles du ciel rasséréné. Sur la dernière feuille, le portrait d'un garçon vu d'en haut, depuis le balcon, et il se reconnut, c'était lui, lui comme Celeste le voyait, très beau.

Sans dire un mot, la fille s'agenouilla et chercha sous le lit. Elle en tira le couteau de Totò le voleur que sa mère avait caché la nuit de leur premier amour. Mimmo prit le couteau. Il n'avait pas peur.

Ils se levèrent et ouvrirent la porte. Le traître s'avança dans le couloir avec un sourire sur les lèvres : « Tu as fait vite. » Alors qu'il lui faisait de nouveau un clin d'œil, il ne vit pas la main de Mimmo qui s'élevait pour le frapper. Il tomba à terre sans comprendre qu'il mourait. Ses yeux étaient tournés vers le haut, vers le ciel bleu de Carmela qui se transformait rapidement en une nuit sans étoiles. C'est alors seulement qu'il comprit que ce Paradis ne serait jamais pour lui. Sa main remonta de son estomac vers sa poitrine, tandis qu'il cherchait à comprendre ce qui le tuait. Et quand elle arriva au manche du couteau, elle toucha la main de Totò le voleur et la sentit toute froide de mort. Mimmo et Celeste le regardèrent mourir.

Carmela avait l'air vieille désormais lorsqu'elle se leva de sa chaise. Elle déplaça le cadre de la Vierge au Manteau ; derrière, il y avait l'enveloppe avec toutes ses économies, elle la mit dans les mains de Celeste. « C'est moi qui ai fait ça », dit-elle, « allez-vous-en. » La fille prit son cartable et indiqua à

Mimmo un sac contenant les vêtements de Totò. Ils s'en contenteraient.

Quand ils sortirent dans la rue, il faisait déjà nuit. Celeste jeta un dernier regard au balcon qui l'avait gardée prisonnière durant les après-midi de toute son enfance et le découvrit exigu comme un nid d'oiseau. Ils se dirigèrent vers le port en suivant la sirène du ferry qui annonçait le départ. Ils furent les derniers à embarquer.

Ils regardèrent la ville tandis que le bateau s'avançait au-delà de la nuit. Ils parvinrent encore à apercevoir les lumières clignotantes, les voitures des forces de l'ordre appelées par Carmela qui entraient au Borgo Vecchio. Les policiers auraient pitié d'elle. Depuis des jours, les flics discutaient du problème que constituait le traître quand il se présentait au commissariat avec ses lourds clins d'œil de connivence, ses marques de familiarité importunes, ses exigences imposées à demi-mot, d'autres demi-mots laissant planer une menace, il savait, lui, comment Totò était mort, il savait les noms et prénoms d'accords tacites. Lorsqu'ils découvrirent son corps chez Carmela, les policiers poussèrent un soupir de soulagement.

Le dernier hurlement du ferry emporta pour toujours Mimmo et Celeste. La sirène mêlait en un unique son les appels désespérés de la ville, la voix naturelle des rues, les bruits des industries nocturnes, les paroles murmurées des dernières négociations sur les marchés. Mimmo et Celeste la perçurent d'abord comme une persuasion, puis comme une menace, et finalement ce son s'affaiblit jusqu'à n'être plus qu'un bruit de sillage et de cœur battant d'un moteur.

Celeste avait froid et elle se couvrit de son anorak des après-midi d'humidité sur le balcon, avec les gants de ski cousus sur les manches. À cet instant seulement, elle se rendit compte qu'il ne lui allait plus. Mimmo l'étreignit pour la réchauffer. Ils regardaient les lueurs mystérieuses de l'horizon, les éclairs d'orages lointains qui n'arriveraient jamais à destination pour ne pas troubler le temps immobile du Quartier, la route incompréhensible tracée sur la mer nocturne. Celeste sourit à Mimmo pour le soulager de son inquiétude : dans son cartable, elle gardait l'assurance des pages de géographie de son manuel scolaire.

L'écho de la rumeur de la ville retentissait sur les montagnes alentour, roulait sur les toits des immeubles et descendit toute la nuit comme une pluie sonore sur le Quartier, troublant le sommeil vigilant du chien aveugle devant la boucherie, il poussa un hurlement de loup parce qu'il confondait son rêve alimentaire avec le cauchemar, dans un sursaut, d'un exode collectif, il s'imagina qu'on l'avait laissé seul, tous partis, embarqués au large, avec Mimmo et Celeste. Pour le rassurer monta des caves le clabaudage habituel des volailles claustrophobes qui ne comprenaient pas si, en haut, c'était le jour ou la nuit, et quelle apocalypse s'abattait sur ceux du dessus, puisque leur destin à elles était connu. C'est l'oie qui, dans son tour prudent d'inspection jusqu'au mur d'enceinte, expliqua nous sommes toujours là, loin de la mer et de toute espèce d'étang, il n'y a que l'eau des flaques laissée par les marchands de fruits et légumes, et puis le chat lui aussi répondit en confirmant qu'il était toujours prisonnier sur le balcon, derrière le grillage qu'on avait installé avec du fil de fer entortillé. Alors en miaulant, il réveilla le perroquet dans sa cage du deuxième étage, lui le maître de la langue. Il sortit sa tête de la protection de l'aile et jeta un regard circulaire pour voir si, par hasard, les flics de toujours s'étaient manifestés dans l'inutile cycle de leurs sièges. Il fit quelques essais d'une voix asséchée par la nuit. Mais aucune alarme ne fut nécessaire. Vers l'orient, il ne vit que la clarté de l'aube d'un autre jour.

Table

NOTABILIA

Catalogue

01 *Dernier voyage à Buenos Aires*
Louis-Bernard Robitaille

02 *Trois cercueils blancs*
Antonio Ungar

03 *Journal d'un recommencement*
Sophie Divry

04 *Lutte des classes*
Ascanio Celestini

05 *La mer de la Tranquillité*
Sylvain Trudel

06 *Franz Schubert Express*
Tecia Werbowski

07 *Et au pire, on se mariera*
Sophie Bienvenu

08 *Solstice d'hiver*
Svetislav Basara

09 *Discours à la nation*
Ascanio Celestini

10 *Siège 13*
Tamas Dobozy

11 *N'oublie pas, s'il te plaît, que je t'aime*
Gaétan Soucy

38 *Une longue impatience*
Gaëlle Josse

39 *Dans la baie fauve*
Sara Baume

40 *Le bruit du monde*
Stéphanie Chaillou

41 *Looking back*
Tecia Werbowski

42 *Trois fois la fin du monde*
Sophie Divry

43 *Onzième roman, livre dix-huit*
Dag Solstad

44 *Dernières lettres de Montmartre*
Qiu Miaojin

45 *Le discours vide*
Mario Levrero

46 *État d'ivresse*
Denis Michelis

47 *Bonne élève*
Paula Porroni

48 *Un rien de lumière*
Vladan Matijević

49 *Une femme en contre-jour*
Gaëlle Josse

50 *L'absence de ciel*
Adrien Blouët

51 *Borgo Vecchio*
Giosuè Calaciura

Hors Collection
22 lettres imaginaires d'écrivains bien réels
Maria Negroni

Défense de Prosper Brouillon
Éric Chevillard (illustré par Jean-François Martin)

Retrouvez toutes nos publications sur
www.leseditionsnoirsurblanc.fr

COMPOSITION ET MISE EN PAGES
NORD COMPO À VILLENEUVE-D'ASCQ

CET OUVRAGE A ÉTÉ ACHEVÉ D'IMPRIMER
SUR ROTO-PAGE
PAR L'IMPRIMERIE FLOCH À MAYENNE
EN JUILLET 2019

N° d'impression : 94668
Dépôt légal : août 2019
Imprimé en France